白魔女リンと3悪魔

フリージング・タイム

成田良美／著
八神千歳／イラスト

★小学館ジュニア文庫★

Contents

Characters

天ヶ瀬リン

13歳の誕生日に白魔女だと
気づいた中学生。
それと同時に3悪魔と婚約することに!
趣味は星占い、料理、
庭のハーブの世話、猫の世話。
時の狭間に生まれたため、星座はない。

瓜生御影

アイドル的な容姿で、
優しく朗らかなクラスの人気者。
だが本性はわがままでダーク。
嫉妬深く甘えん坊。
猫の時は、ルビー色の瞳の黒猫。
悪魔の時は、炎を操る。

前田虎鉄

ワルで喧嘩っぱやいが、
愛嬌があり憎めない。
自由奔放で気まぐれな猫らしい性格。
猫の時は、タイガーアイの虎猫。
悪魔の時は、風を操る。

北条零士

成績は学年トップ、
入学式では新入生総代の挨拶をした。
クールな言葉と態度でリンを諭す優等生。
猫の時は、ブルーアイの白猫。
悪魔の時は、氷を操る。

第1話　時計塔の幽霊少女

1

うららかな春の日曜日、日当たりのいい庭のウッドデッキに3匹の猫がいる。

ステップで丸まっている黒猫はひげをそよがせて、デッキに寝転がっている虎猫はのんびりとお昼寝。白猫は椅子の上で行儀よく背筋をピンとのばして、じっとこっちを見つめている。

わたしはそれを横目に、塀に立てかけた1本の箒に向かってうなっていた。

「う〜〜〜〜〜〜〜……クリンクランク、箒よっ！　庭掃除、お願いしまーす！」

しーん……箒はぴくりとも動かない。

自分の中にある魔力を高めて、呪文を唱えて力を放つ。

それで魔法が使えるんだって教わって、いざ掃除の呪文クリンクランクを唱えて、庭掃除しようとしているんだけど……わたしの声に箒はまったく応答してくれない。

もう何度もやっているのにぜんぜんできなくて、あせりばかりがつのっていく。

白猫が冴え冴えとした青い目で、それを見抜いたように言った。

「あせらなくていい。落ち着いて、もっと集中を」

「は、はい」

わたしは再び箒と向き合った。

「う〜〜、クリンクランク！　う〜〜、クリンクランク〜！」

魔法って、もっと手軽で、便利なものだと思っていた。

箒にまたがれば自由自在に空を飛べて、魔法の杖をふればカボチャが馬車になり、ボロボロの服もステキなドレスに早変わり。魔女修行をすれば、そんなふうにわたしもできるようになるのかなってちょっと期待した。

でも現実は甘くない。これじゃあ魔法を使うより、ふつうに掃除した方が早いよ。

「君の欠点は、心の弱さだ」

白猫が小さく溜息をついて、的確にわたしのダメなところを指摘した。

「魔法を使うのに必要なものは3つ。生まれもった才能、学んで得る知識、そして目的を成そうとする意志。君に才能は充分にあるし、知識は僕が教えている。足りないのは意志だ。君が魔法を使えないのは、強い意志がないからだ」

「はい……」

白猫の言うとおりだった。うまくやらなきゃって思えば思うほど緊張してしまう。わたしにできるかなって、すぐに不安になる。

「こんな状態ではいざというときに何もできない。君が魔法を使えないからといって、グールは待ってくれないのだから」

「はい……」

ぜんぜん成長しないダメな自分に溜息をつくと、黒猫がむくりと立ち上がり、鼻筋にしわを寄せながら白猫に抗議した。

「おい零士、いいかげんにしろよ。リンをいじめるな」

「いじめる？　心外だ。本人から『魔女修行をお願いします』と頼まれたから教えているだけだ」

「もっとやり方があるだろ。言い方がいちいち嫌みったらしいんだよ」

「事実を述べているだけだ。僕のやり方に口を出すな」

黒猫と白猫がにらみ合っていると、寝ていた虎猫があくびをしながら文句を言った。

「うるさいニャ～。いい気持ちで昼寝してんのに」

「修行中だ。昼寝ならば他の場所でしろ」

「どこで寝ようが俺の自由ニャ」

「そんなとこで寝られると目障りだ」

「っつーか、ニャンで用もないのに来るんだよ？」

「気が向いたから。いや～、ここ日当たりよくって、マジで居心地いいニャ」

黒猫はフーッと毛を逆立てて、虎猫はごろ～んと寝返りをうち、白猫はすらりとした長い尻尾を
ふよふよとそよがせて、みんなでニャンニャン言い合っている。

猫3匹が言い合っている光景に、わたしの顔は自然とほころぶ。

ああ、なんてかわいいの♡

3匹を眺めながらほっこり和んでいると、ふいに白猫がわたしを見とがめた。

「何がおかしい？」

わたしはびくっとして、あわててうつむいた。

「い、いえ、別に……」

「理由はあるはずだ。何か笑えるようなことがあったから笑ったのだろう。なぜ、いま君は笑っていたんだ？」

白猫の追及は厳しくて、とてもごまかせそうにない。

わたしは首をすくめて白状した。

「猫のみんながかわいいなぁって思ってました……」

白猫がひらりと椅子から下りて、眉目秀麗な男の子に——北条零士君の姿になった。

そして青い目でわたしを見下ろしながら、厳しい口調で言った。

「のんきなことを。君は笑っている場合ではない、自分の不甲斐なさを嘆くべきだ」

「はい……すみません」

「魔力で物を動かす、これは魔法の初歩だ。この程度のこともできないようでは、白魔女になるなど夢のまた夢だ」

黒猫が立ち上がって御影君になり、牙をむくようにして北条君にくってかかった。

「ちょっと待て零士、リンは白魔女にはなれないって言うのか？」

「そうは言っていない。このままでは何年かかるかわからないと言っているんだ」

猫の言い合いは微笑ましく見ていられるけど、人の姿だとハラハラしてほっとけない。

止めなきゃ。でもどう言って止めればいいんだろう？

わからなくてオロオロしていると、虎猫が虎鉄君になってわたしの肩を抱いた。

「リン、デートしようぜ」

「え？」

「こいつらの話、長引きそうだから。どっか遊びに行こう」

「ちょ、ちょっと虎鉄君……！」

虎鉄君に連れていかれそうになると、行く手に御影君と北条君が立ちはだかった。

「くぉら虎鉄、ちょっと待ちやがれ！　どさくさにまぎれてリンを連れていくな！」

「彼女を連れていかれては困る。魔女修行はまだ終わっていない」

「おまえらがぐだぐだやってっから退屈なんだよ。だいたい魔女修行なんかして意味あんのか？白魔女になる奴はほっといたってなるし、なれない奴は何をしたってなれない、そういうもんだろ」

虎鉄君の言葉を聞いて疑問が浮かんだ。

「あの〜、白魔女って何ですか？」

3人の目がわたしに注目する。

「えっと、その……そういえば、ちゃんと聞いてなかったなあって……」

白魔女になると決意して、北条君に魔女修行をお願いした。

だけど白魔女とは何なのか、くわしくは知らない。

すると北条君が教えてくれた。

「時の狭間に生まれ、人ならぬ力をもつ——それが魔女だ。魔女はその性質で大きく二分される。

万物を破壊し、私利私欲のために魔法を使うものを、黒魔女という。

万物を創造し、人々を救うために魔法を使うものを、白魔女という。

清らかな心と絶大な魔力で、黒ずんだ世界を白くぬり替える、それが白魔女だ」

顔が思いきり引きつった。

万物を創造し、人々を救うって……なに、その救世主伝説。

あまりに話が壮大すぎて、小心者のわたしの決意は早くもしゅるしゅるとしぼむ。

(わ、わたしには無理かもしれない……)

いまは亡きお母さんが白魔女だった——だから、わたしもなれるかなって簡単に思っていたけど。

白魔女になるのって、もしかして、ものすご〜く難しいことなのかもしれない。

(う〜、ダメダメ！　すぐ弱気になるのがわたしのダメなところなんだから。がんばらなきゃ！)

でもその日は結局、箒とにらめっこして、なんの成果もなく一日が終わった。

次の日の朝。わたしは御影君と一緒に学校へ向かう電車に揺られながら、扉にもたれて単語帳を開き、しみじみと言った。

「魔法を使うのって、大変だねえ……」

単語帳には、見たことのない文字が書かれている。これは魔界の文字で、魔法の呪文（ふりがな付き）で書かれている。これをすべて覚えるようにと北条君から宿題を出されたけど、なかなかはかどらない。聞き慣れない言葉を暗記するのって、けっこう難しい。

「魔法の呪文、御影君はどうやって覚えたの？」

コツとかあったら聞きたいなぁと思ったんだけど、返ってきたのは予想外の返事だった。

「あー……俺は覚えてない」

「え？」

「俺の呪文は我流だから。『燃えろ！』とか『灯れ！』とか、炎を出すのに気合が入る言葉をテキトーに言ってるだけだ」

「テキトー……テキトーな言葉でも、魔法って使えるの？」

「ああ。要は、自分の力をどう引き出すかだからな」

へえ。呪文ってけっこうアバウトなんだ。

「虎鉄の呪文もかなりテキトーだぞ。正式な呪文と我流の呪文が混ざってる。零士が使っているのが、魔法の学校で習う正式な呪文だ。零士いわく、正式な魔法の呪文の方が強い魔力を発揮できるらしい。でもややこしいから、俺の性には合わないな。覚えた呪文を思い出そうとしている間にグールにやられちまう」

たしかに。呪文をパッと思い出して使えるようじゃないと、意味がないのかも。

襲いかかってくるグールは待ってはくれないのだ。

「そっかぁ……でもそれって、北条君がすごいってことだよね？　呪文をたくさん知ってて、それを使いこなせるんだから」

魔法の呪文を単語帳に書いてくれたのは北条君だ。わたしが箒とにらめっこしている間に、本やノートなど一切見ずにさらさらと書いていた。それはつまり、この呪文が全部頭に入っているということ。実際、北条君がさまざまな呪文を唱えて魔法を使うところをわたしは何度か見ている。

御影君は苦々しそうに言った。

「まあ、あいつはすごい……とは思うけど、でも腹立つ！　何かといやぁネチネチと説教たれるし、リンをいじめるし、嫌な奴だ」

「それはわたしがうまくできないからだよ。北条君には迷惑かけてばっかりで申し訳ないよ……」

「つらくないか？」

「うーん……大変だなぁとは思うけど」

まだ魔女修行ははじまったばかりだ。前途はすごく多難だけど、へこたれていられない。

「わたし、がんばるっ」

両拳をグーに握って自分に活を入れると、御影君が手で口元を覆って隠すようにした。

「御影君？　どうしたの？」

「……にやける」

御影君は頰をほんのり紅潮させながら言った。

「だってリンが白魔女になりたいのって、俺のためなんだろ？」

この世界には、黒猫は不吉だというジンクスがあって、悪魔は悪いものだっていうイメージがある。

世界を変えることができるという白魔女の力で、幸せをくれる黒猫や人を助けてくれる悪魔もいるんだってことを、みんなに知ってもらいたい。そして、黒猫で悪魔の御影君が楽しいと思える世界にしたい――それが、わたしが白魔女になろうって思ったきっかけだ。

「だから、リンががんばってるのを見るとうれしい……愛を感じるから」

御影君に見つめられ、わたしはカ～ッとなってうつむいた。その瞳に真っ赤に燃える炎のような想いが見えて、まるで焼かれるみたいに熱くなってしまう。

そのとき駅に電車が停車して、扉が開くと同時に通勤通学の乗客がどっと入ってきた。一気に車内が混み合ってきて、扉の方にまで人が押し寄せてくる。隅っこに避難しようとしたとき、御影君がわたしの手をぐいっと引っぱってそのまま抱きしめられた。

「えっ!?　み、御影君……あの……！」

「リンがつぶされるといけないから」

御影君はわたしを身体で包みこんで、混雑から守ってくれている。それはすごくありがたいんだけど……身体はつぶれなくても、ドキドキしすぎてわたしの心臓の方がつぶれてしまいそうだ。

「だ、大丈夫だよっ。これくらい、平気だから……！」

「ダメ」

御影君は両腕にぐっと力をこめて、わたしの耳元にささやくように言った。

「リンを誰にもさわらせたくない」

全身が炎に包まれたみたいに熱くなって、頭がぼうっとした。熱いのは自分なのか、御影君なのか、満員電車の熱気なのか、よくわからない。

結局、呪文はまったく覚えられなかった。

2

鳴星学園の校門を入ると、大勢の上級生たちが待ち構えていた。

応援団の団長らしい人が大声をはりあげる。

「新入生の諸君！　我々は鳴星学園応援団部である！　ぜひ我が応援団部に入って、共に学園生活を謳歌しよう！　オッス！」

応援団部の人たちがオッス！　と声をあげて、学園の校歌を歌いだした。

他にも、部のユニフォームを着た上級生たちが宣伝のプラカードを掲げながら新入生に声をかけたり、入部案内のチラシを配ったりしている。ダンス部の人たちがダンスを踊っていたり、ロボット部の人たちが作ったロボットを動かしていたり、お祭りみたいな盛り上がりだ。

「なんだ、この騒ぎは？」

怪訝な顔をする御影君に、わたしはわくわくしながら言った。

「先輩たちが、わたしたち新入生を部活動に勧誘してるんだよ。今日が勧誘の解禁日だから。パフォーマンスをして、部をアピールしてるんだよ。わたし、部活動って初めてで。楽しそうだねぇ」

通っていた小学校には部活動はなかった。鳴星学園はマンモス校で生徒数も多く、たくさんの部があって部活動がすごく盛んなことで有名だ。

通路の両側に立てられた掲示板には、選挙のポスターみたいに各部のポスターがズラリと貼られている。興味津々にポスターを見ていたら、女子の先輩たちが駆け寄ってきて御影君をとり囲んだ。

「瓜生く～ん！　バドミントン部、入らない？」

「入らない」

「ブラスバンド、興味ない？」

「まったくない」

かけられる誘いの声を、御影君はそっけなくはらいのけていく。

そっけなくされたのに、先輩たちが、きゃ～っと黄色い声をあげた。

ちょっと前までの御影君は、人気少女漫画『ハイスクールラブ！』のハルマ君というキャラを真似て演じ、誰に対しても笑顔で接するような人だった。でもある日、「俺、もうキャラ演じるのやめたから」と宣言。それからは思うことをズバズバと言い放っている。

最初は激変ぶりにみんなも戸惑っていたけど、すぐに慣れたみたいだ。

アイドルが手をふったり、こっち見ただけでキャーキャー叫ぶファンみたいに、みんな御影君に夢中だ。そっけなくされることすらうれしいみたい。

(すごいなぁ)

キャラは変わっても、御影君は変わらず学園の人気者だ。その人気に陰りはなく、むしろ前より高まっているような気がする。

そんなことを考えていたとき、ふいに後ろから声をかけられた。

「ねえ、君」

ふり向くと、野球のユニフォームを着た上級生の男の人が立っていた。

「君さ、マネージャーって興味ない?」

「マネージャー……ですか?」

「そう。野球部だけど、マネージャー募集してて」

そう言って、チラシをさし出してきた。チラシには紙いっぱいに太いマジックで『かわいいマネージャー求む！』と書かれている。

「マネージャーって、雑用係ってイメージがあるかもしれないけど、うちはそんなんじゃないから。野球を楽しもう！　をモットーに、マネージャーも選手と一緒に盛り上がるような雰囲気なんだ。あと合宿で海行くし。めっちゃ楽しいよ」

その勧誘に、わたしの胸はときめいた。運動神経にはまったく自信がないから、運動部は無理かなって思っていたけど、スポーツをがんばる人たちのお手伝いをしながら応援して、一緒に盛り上がる……そういうのも楽しそう！

「よかったら、チラシ読んでみて」

「あ、はい。ありがとうございます」

さし出されたチラシを受けとろうとした、そのときだった。

突然、チラシにボッと火がつき、燃え上がった。

「おわっ!?」

野球部の人が驚いて、あわててチラシから手を離して跳びのく。

チラシは一瞬で燃え尽きて、灰となって消えた。

「な、なんだぁ!?　紙がいきなり燃えたぞ!?」

わたしはあぜんとし、そして、はたと気がついた。この超常現象の原因に心当たりがある。こんなことができるのはひとりしかいない。

「行くぞ、リン」

その犯人に手を引っぱられながら、わたしは小声で話しかけた。

「ねえ、いまの御影君でしょ？　どうしてあんなことしたの？」

「あいつ、リンを狙ってやがるから」

「え？　狙うって……まさかグール⁉」

「リンを彼女にしたくて近づいてきたんだ」

わたしは目をぱちくりとした。

「まさか。そんなことないよ」

「そうに決まってる」

御影君はきっぱり言い切った。きっと御影君は念には念を入れて、わたしを守ってくれたんだと思う。それはうれしいし、感謝しなくちゃいけないんだけど。

（チラシ、もらえなかった……）

心の中で小さく溜息をついたとき、かずみちゃんが現れて元気な声をあげた。

「リンリン、おっはよー！」

同じ小学校出身の青山かずみちゃんはテニスウェアを着て、テニスラケットを、ブン！　とふった。

「おはよう、かずみちゃん。その格好……テニス部に入ったの？」

「そうだよ！　はい、これテニス部のチラシ。どーぞ！」

「あ、ありがとう！　あれ？　でも新入生が入部するのって、まだこれからなんじゃ……？」

「そうだよ。でも勧誘されるの待ってられないから、入学してから毎日部活巡りして、イケメンがいる部をチェックしてたの。で、テニス部にイケてる先輩を発見したから、頼みこんでソッコー入部したってわけ。あたしゃやるよ！　彼氏を作るよ！　めざせ、部活ラブだよ！」

す、すごい……さすがだよ、かずみちゃん。

「あとね、バスケ部と体操部と吹奏楽部にもなかなかのイケメンがいてさ。あとサッカー部と剣道部にも。各部のチラシ、いろいろとりそろえてるんで、好きなの持ってってって」

そう言って、かずみちゃんはさまざまな部のチラシを、トランプを広げるようにして見せてくれた。

「えっと……かずみちゃんって、いったい何部に入ったの？」

「これ全部だよ」

「全部⁉」

「うん。部活かけもちオッケーだからさ、イケメンのいる部にかたっぱしから入部したの。へたな鉄砲も数撃ちゃ当たる作戦だよ！」

かけもちするにも限度がある気がするけど、パワフルなかずみちゃんなら、全部をこなすのも不可能じゃない気がする。

「リンリンもいろんな部活やってみたら？　友達もできるし」

かずみちゃんがさらっと言った最後の言葉に、わたしは目を輝かせた。

「友達……！」

そう、それだよ、わたしが求めているのは！　この学園に入学して1か月余り、いまだ友達と呼べるような人はいない。部活で友達ができたら、こんなうれしいことはない。

「チラシあげるから、考えてみてよ」

「うん。ありが……あっ」

かずみちゃんから喜んでチラシをもらおうとすると、それがとり上げられた。

御影君がわたしの盾になり、チラシをかずみちゃんに突き返した。

「おい、わけわかんねぇ部にリンを誘うなよ。悪い虫がつくじゃねぇか」

「お、ヤキモチ？　影っちって、けっこう独占欲強いタイプ？」

影っち……いつの間にか御影君の呼び方が変わってる。

「リンリンに誰も近づけたくないとか思ってる？」

「あたりまえだろ。リンは俺のものだ」

かずみちゃんは肩をすくめて、やれやれとばかりに息をついた。

「影っちってさー、イケメンだし、男らしいし、リンリン一筋で他の子には目もくれないし、彼氏としてはイイせんいってると思うよ。でもダンナとしてはイマイチだね～」

「んだと？」

「そんなんじゃ、リンリンに愛想つかされちゃうよ」

御影君がかずみちゃんをにらみつけてすごんだ。

「いいかげんなことぬかしてんじゃねぇぞ。おまえ、燃やすぞ」

わたしは御影君の腕を引っぱって止めようとしたけど、御影君はかずみちゃんをにらむことをやめない。か、かずみちゃん、ホントに燃やされちゃうよ～！

そんな心配をよそに、かずみちゃんはあっけらかんと御影君に言い返した。

「彼氏に守られるのって、彼女としてはすごくうれしいよ。でもあんまり守られすぎたり、束縛されたりすると、窮屈だなぁって思うこともあるわけ。いくら愛があってもね。やりたいことをやれないのって、すっごいストレスたまるんだから。ねえ、リンリンだって部活やりたいでしょ？」

「え？　う……うん」

「ほらね。影っち、気をつけないと、奥さんに嫌われちゃうゾ☆」

「嫌われ……⁉」

御影君は黙りこみ、深刻な顔で考えこんだ。

その隙にかずみちゃんは盾になっていた御影君をひょいっとかわして、わたしにもう一度チラシを渡してきた。

「というわけで、リンリン、入部を検討してみてね～。リンリンが入部してくれれば、あたしは大手柄。イケメン先輩に褒められて、そこから恋がはじまるって筋書きだよ！」

「え？　先輩に褒められるって、どうして？」

「鳴星学園の部活は、部員数や活動成果によって生徒会から支給される活動費が上下するの。部員が多いほど、活動資金をいっぱいもらえるってわけ。だからどの部も部員集めに必死なわけよ」

なるほど。だから力を入れて新入生を勧誘してるんだ。

「リンリンが入部すれば、ダンナの影っちも自動的についてくるでしょ。ついでに前田虎鉄君、北条零士君、イケメン3人がもれなくついてくる！　でもって、イケメン目当ての女子もわんさか入部して、先輩大喜び！　あたしの部活ラブも大盛り上がり！　そういう計画でーす」

明るい計画発表に、思わずくすっと笑ってしまった。

そのとき、考えこんでいた御影君が顔を上げて、わたしに言った。

「リン。部活、やりたいならやれよ」

「え？　いいの？」

「俺は、リンが喜んだり笑ったりしてるのがいい。だからリンにやりたいことがあるなら応援する。それでリンが幸せになるなら、全力で応援する」

御影君がわたしの幸せを一生懸命考えてくれているのが伝わってきて、胸がじぃんとした。

「御影君……ありがとう」

「……おう」

御影君が微笑むと、その背中をかずみちゃんが楽しそうにバンバン叩いた。

「影っち、うれしそ～！　かっわいい～！　も～、リンリンにメロメロだねっ」

「う、うっせえ。おまえ、すっげーうっとうしい」

わたしは笑いながら、もらった何枚ものチラシを見た。

(何部に入ろうかなぁ。楽しみだなぁ)

そう思ったときだった。

ゴワァァーン……どこからか鐘の音が聞こえた。

チャイムとは違う。重々しくて、胸の奥にまで響いてくるような音だ。

周りの上級生たちが騒ぎだした。

「か、鐘が鳴った⁉」

「マジかよ……」

「やだぁ……」

潜めるような声がざわざわと広がる。みんな、すごく驚いて、どこか怯えているような感じだ。

その中で、かずみちゃんがわくわくした顔で声を弾ませた。

「おぉ〜、鐘が鳴った〜！　これは事件が起こる前兆か⁉」

「事件？」

「あそこ」

かずみちゃんが指さした方を見ると、レンガ造りの時計塔が見えた。

講堂に隣接した塔は、鉛筆みたいな三角屋根が空を突き刺すようにまっすぐのびている。それは周りの町からも見えるほどの高さで、歴史的な建造物らしく、学園だけでなくこの町のシンボルとなっている。古びた塔には大きな鐘と大きな時計があった。

いまは朝の8時くらいのはずだけど、その時計の針は11時45分をさして止まっている。入学したときからずっと11時45分のままだ。

「あの時計、ず〜っと止まったままなんだけど、どうしてか知ってる？」

「ううん。どうして？」

「あの時計塔には幽霊が棲んでいるからだよ。その名も、トイレの花子さんならぬ、時計塔の時子さん」

「と、時子さん……？」

「11時45分、あれは時子さんが命を落とした時間なんだって。それ以来、止まった時計を何度直しても、何をどうやっても動かない。なぜか鐘も鳴らなくなったんだって」

「え、でも、いま――」

鐘、鳴ったよね？

かずみちゃんがいつもとは違う低い声色で言う。

「そう、鳴らないはずの鐘が鳴った……それは時子さんが目覚めた合図。あの鐘が鳴ったとき、鳴った鐘の数だけ誰かが呪い殺されるのだ……！」

ゾゾゾ〜！　全身に鳥肌が立って、わたしは身震いした。

かずみちゃんはにっこりと笑った。

「――って学校の怪談があるの。『時計塔の時子さん』、鳴星学園七不思議のひとつだよ」

怪談とか怖い話とか、テレビの心霊番組やホラー映画など、前は楽しんでいた。でもいま思うと、それは自分には関わりのない話だったから楽しめたのだとわかる。

悪霊のグールに襲われるようになってから、怖い話は現実で身近なものとなり、一気に苦手意識が高まってしまった。

(時計塔には近づかないようにしよう……)

そう心の中でつぶやいたときだった。

胸元のスタージュエルがチカチカ点滅しはじめた。星形のペンダント、スタージュエルは白魔女だったお母さんから13歳の誕生日プレゼントにもらったものだ。御影君たちと魔力を交流させたときや、グールが近づいてきたときに、さまざまな色に染まって光る。

わたしは不吉に点滅するペンダントを手で覆い隠しながら、あたりを見回した。これはグールが近くにいるときの光り方、スタージュエルからの警告だ。

ブーン……。

ふいに耳に音が入ってきた。なんだろう？　この音は。

音が後ろから聞こえたような気がしてふり向くと、それはもう目の前にいた。人の頭ほどの大きさのものが黒光りした鋭利な針を突き出してくる。

「っ……！」

わたしは声を出す間もなく、息を止めて硬直した。

ボッ！　突然、その黒いものが真っ赤な炎に包まれて、瞬時に燃え尽きた。

御影君がわたしに寄り添い、赤く染まった鋭い目であたりを見回しながら、燃え落ちて灰となったものを足で蹴って散らす。

わたしは小声でそっと耳打ちした。

「御影君、いまのは？」

「動きが速くてはっきり見えなかった。でも、リンを狙ってた」

緊張が高まって、唾を飲みこむとゴクンと喉が鳴った。

「グール……？」

「たぶん」

御影君の目の色は黒に戻ったけど、警戒の色は消さずに、鋭くあたりを見回している。

わたしはゾッとして青ざめた。

こんなに人が大勢いる中で、堂々と襲いかかってくるなんて。しかもそのことに、わたしと御影君以外誰も気づいていない。これって七不思議や怪談よりも、ずっと怖いことのような気がする。

「怖い話に興味あるなら、オススメな部があるよ。はい、怪奇心霊研究部!」

かずみちゃんがカバンの中をごそごそと探り、追加でもう一枚のチラシをくれた。

「あ、えっと、結構です」

そのチラシだけは迷うことなく、きっぱりお断りした。

3

「で、リンは何部に入りたいんだ?」

掲示板に張り出されている部活のポスターを見ながら、御影君が言った。

放課後、わたしは部活見学をすることにした。グールの襲撃は怖かったけど、やっぱり部活やりたいし、御影君が一緒に来てくれることに甘えさせてもらうことにした。

「いろいろ考えたんだけど、やっぱり文化系の部がいいかなって。手芸部とか、料理部とか、茶道部とか」

運動部のマネージャーにもあこがれるけど、大勢の男子の中に入らなきゃいけないんだって想像したら気後れしてしまい、断念した。

「そっか。じゃあ順番に回ってみるか」

そう話しながら校舎と校舎をつなぐ通路を歩いていたとき、グラウンドの方から、うお〜！　きゃ〜！　っというどよめきが聞こえた。見ると、体操着姿の一年生が赤と白のゼッケンをつけて、サッカーの紅白試合をしているところだった。

鳴星学園のサッカー部は強豪で有名だ。全国大会出場の常連校で、日本全国から優秀な選手が集まってくる。だから入部希望者が多くて、部活の一覧表には、サッカー部には入部テストがあるって書いてある。紅白試合で入部テストをしているみたいだ。

そこに知っている顔を見つけた。

「あ、虎鉄君」

白のゼッケンをつけて、ボールを蹴りながらグラウンドを走っている。向かってくるディフェンダーをひょいひょいとかわし、ゴールに向かう。猫だからか、悪魔だからか、運動神経が並外れていいことが素人目にもわかる。まるでプロのサッカー選手みたいだ。

そして、虎鉄君の蹴ったボールがゴールに突き刺さった。

それを見ていた男子からは驚きの声が、女子からは黄色い歓声があがる。

「虎鉄君、すご〜い！」

思わず拍手すると、虎鉄君がこっちを見て手をふってきた。わたしも小さく手をふり返す。

こちらへ来ようとする虎鉄君を、ユニフォーム姿のサッカー部の先輩たちが興奮気味にとり囲んだ。

「君、前田虎鉄君、すごいじゃないか！」

「初心者って、ホントか？　どこかサッカーチームに入ってたんじゃないか？」

「文句なしだ。合格！　ぜひ入部してくれ！」

わあ、すごいよ虎鉄くん！　おめでとう〜！

心からお祝いしていると、虎鉄君は頭をかきながらつまらなそうな顔で言った。

「ん〜〜〜〜パス」

「え？」

「俺、集団行動苦手だから。じゃ」

虎鉄君は転がっていたサッカーボールを軽く蹴って、反対側のゴールに突き刺した。

そしてグラウンドの土手を駆け上がって、わたしの前に来た。

「よう、リン」

「虎鉄君……サッカー部、入部できるみたいだけど、いいの？」

サッカー部の人たち、みんなあぜんとしているよ。

「いいのいいの。サッカー、だいたいわかったから。もういいや」

才能あるのにもったいないなぁ。でも虎鉄君は自由とおもしろさを重視する。簡単にできてしまうものには興味がもてないのかもしれない。

「リンはどうすんだ？　部活」

「これからいろいろ見学してみて、決めようかなって」

「そっか。じゃ、俺も一緒に見学しよーっと」

左隣にひょいっと来た虎鉄君を、右隣にいた御影君がすごく嫌そうな顔で見た。

「ついてくんな」

「誰についていこうと、俺の自由だし」

わたしを挟んで、ふたりの視線がぶつかり合う。

「あ、あの、えっと、華道部の体験がもうすぐはじまるから、行こっ」

ふたりの言い合いが過熱する前に、わたしはあわてて駆けだした。


華道部の部室に向かって歩いていると、金網で囲まれた場所に人だかりができていた。

大勢の女の子たちがきゃぴきゃぴしながら何かを見ている。

そこは弓道部の道場で、新入生が弓道の体験をしていた。先輩の指導を受けながら、白の着物と黒の袴を着て弓を引いている。なかなか本格的だ。

その中のひとりにみんなが注目していた。

「あ、北条君」

大勢の注目を浴びながら、北条君が涼やかな表情で弓を引いているところだった。

その姿にわたしは目を奪われた。

(すごい……きれい)

袴姿で弓を引く立ち姿が、様になってるっていうか、絵になるっていうか。青い瞳は的一点を見つめて微動だにしない。その集中力に引きこまれるように、わたしも知らず知らずのうちに息を止める。

引きしぼった弓から矢が放たれた。

カッ。矢は的の左下の方に刺さった。

見物している女の子たちが歓声をあげて、拍手する。

でも北条君は納得いかなかったらしい。表情をまったく変えず無言で、もう一度弓に矢をつがえ、的を一心に見つめて、そして矢を放った。

カッ。今度はド真ん中に命中！

弓道部の人たちからも、おぉっ、というどよめきがあがる。

わたしもみんなの声にまぎれて、感嘆の溜息まじりにつぶやいた。

「すごぉい……！」

するとつぶやきが聞こえたかのように、青い瞳がこちらを見た。

北条君は道着姿のままですたすたと歩いてきて、わたしの前に立った。

「矢を射る前に君がここに来たことには気づいていたが、弓道の体験をしている最中だったから、声をかけるのを後回しにした。すまない」

「そんなの、ぜんぜんいいよ。それより北条君、すごいね！　弓道、習ってたの？」

「いや、弓を引いたのは今日が初めてだ」

「えっ、そうなの⁉」

とても初心者とは思えない。

「まずは経験者の手本を見て、やり方とコツを聞き、そしてそれを実践する。要は、集中力だ」

理屈ではわかるけど、それが実際にできる人はなかなかいないと思う。

魔女修行のときに集中していないと怒られたけど、矢を射るときの北条君の集中力を見て、納得がいった。猫にほんわか和んでしまうわたしとは大違いだ。

「北条君は、弓道部に入るの？」

「いや。この国の伝統文化に興味があったから、部活体験を利用して少々習ったまで。それより、君はどうするんだ？　何部に入るつもりだ？」

「あ、えっと、文化系の部活を考えてるよ。いろいろ見学してみて選ぼうかなって」

「選択基準は？」

「え？」

「何を基準に部活を選ぶつもりなんだ？」

「えっと……楽しそうな部に入りたいなあって思ってるけど」

「その選び方は適切ではないだろう。君は学園で学業に励みながら、家で家事をこなし、さらに魔女修行をしなければいけない。いまの状態で、すべてをこなせる自信はあるのか？」

自信――あるのかと聞かれると、正直、ない。

「君の場合、なるべく活動や負担の少ない部に入るべきではないのか？」

そっか……確かに北条君の言うとおりかもしれない。いくら楽しそうな部に入っても、結局時間がなくて参加できなくて、欠席することは目に見えている。

「そ、そうだね……早く帰宅できる部に入った方が――」

わたしの言葉をさえぎるように、虎鉄君がわたしの肩をぽんと叩いた。

「リン、楽しそうな部に入れよ。人の言うことなんか気にすんな」

北条君が鋭く虎鉄君を見据えて反論した。

「虎鉄、無責任なことを言うな。時間も余裕もないのに、できもしない部に入って苦労するのは彼女だ」

「できるできないじゃねえ。やりたいかどうかだろ。つまんねー部に入って、つまんねー思いをする方が時間の無駄じゃねえか」

御影君はわたしの肩に手をやって励ますように言った。

「俺はリンのやりたいことを応援する」

3人の視線がわたしに集まって、北条君が迫るように問いかけてきた。

「どうする？」

どうしよう……どうすればいいんだろう？

心が振り子のように揺れる。迷いに迷っていた、そのときだった。

ゴワァァーン……時計塔の鐘が鳴った。

「鐘が、また……！」

弓道場の方にいる人たちがざわつく。

そしてスタージュエルがチカチカ光って、またあの音が聞こえた。

ブーン……。

キョロキョロ周りを見たけど、黒い残像がたまに見えるだけ。動きが速すぎて、なかなか目でとらえられない。こういうの、何かに似てる気がする……そうだ、あれだ。夏に蚊が近くを飛んで羽音はする、でもその姿は見えない。気がついたら足や腕を刺されている——そんな感じだ。

ブーン……これって、もしかしたら、虫の羽音？

そう思った瞬間、わたしの背後で炎が燃え上がった。ふり向くと、何かが灰になって燃え落ちたところだった。

御影君がわたしの肩を抱き寄せて、赤い目で周囲を警戒しながら言う。

「リン、俺から離れるなよ」

「う、うん」

目の前を、はらりと雪がひとひら舞った。

北条君の青い目が澄み渡り、雪と氷の結晶がその身の周りに浮かんでいる。

「リストリヴァカーレ！」

呪文が唱えられた瞬間、わたしの近くで何かが凍りつき、ゴトリという音をたてて地面に転がった。それは人の頭ほどの大きさで、黒くて、羽ととがった針をもった虫の形をしている。

「きゃ！　これは……!?」

「蜂の形態をしたグールだ」

言いながら北条君は凍った蜂のグールに足をのせ、踏み砕いた。粉砕されたグールは黒い霧のようになって消滅した。

ブーン……まだ羽音がする。わたしたちの周りを蜂のグールが飛んでいる。

そのとき弓道場の方から、弓道の道着姿の女の先輩が走ってきた。

「北条くーん！　これ入部届！　ぜひ、うちの弓道部に〜！」

わたしの胸元でスタージュエルが光を放ち、女の先輩の身体を照らす。すると、その胸に守護星座マークが浮かび上がった。

（あれは、山羊座のマーク！）

そういえば今朝、テレビの星占いで占星術師のミス＝セレナが言ってた。

今日のアンラッキー星座は、山羊座だって。

上空を飛ぶグールが弓道部の人に向かって降下していくのが見えて、わたしは大声で叫んだ。

「危ないっ！　逃げて！」

「え？」

その人は立ち止まってあたりをキョロキョロする。蜂グールがすぐ目の前に来ているのに、きょとんとしている。

北条君が冷ややかに言った。

「言っても無駄だ。人間の目にグールは見えない」

「えっ、そうなの!?」

「君や僕がグールを目で捕捉できるのは、魔力をもっているからだ。まれに霊感の強い人間にもグールが見えることもあるが、基本、普通の人間には見えない。だからグールに襲われても、逃げることすらできずに餌食となる」

話している間に、弓道部の人が蜂グールに刺されてしまった。

「うっ!?」

瞬間、黒い霧に飲みこまれるように山羊座のマークが消失した。

守護星座を失ったその人は黒いオーラに覆われる。そしてぎょろりとした目でわたしを見て、ゆがんだ顔で、恨みを吐き出すように言った。

「天ケ瀬リン……あなたのせいよ」

「え？」

「北条君が弓道部に入ってくれないのはあなたのせいよ！　あなたさえいなければ！」

思いがけない非難に、わたしはとまどった。な、なんでそうなるの？

北条君がわたしを背にかばって言った。

「彼女は魔に刺された。心の内にある不満や嫉妬を膨らまされ、強い悪意に支配されている。グールはその悪意のエネルギーを吸収して、より強力な悪霊となる」

わき上がった黒い悪意のエネルギーを蜂が吸いこんで、先ほどよりも勢いよく飛んできた。その動きは速すぎて、もうわたしの目ではとらえられない。

虎鉄君がわたしの盾となるようにザッと前に踏み出して、襲いくる蜂のグールと真っ向から向き合った。

「吹き上がれ、旋風！」

その魔力で強風が起こり、土ぼこりが巻き上がって、あたりにいた人たちは全員、顔をそむけたり目をつむったりする。

瞬間、御影君の目が赤く輝いた。

「焼き払え、炎！」

襲いかかってきた蜂グールは紅蓮の炎に包まれて、空中で消滅した。

魔に刺された弓道部の人がぐらりと倒れそうになり、北条君がその人の身体を受け止めて、治療魔法の呪文を唱えた。

「メディシアングラン」

その人の身体を覆っていた黒い霧が抜け出て、消え失せた。

風がやんで周りにいた生徒たちが目を開けたときには、３人によってすべてが処理されていた。

弓道部の先輩は北条君の腕の中で目を覚まし、ボッと顔が真っ赤になった。

「ほ、北条君！　や、やだ、わたし、なんで⁉」

動揺しまくる先輩に、北条君は落ちていた紙を拾って渡した。

「入部届の用紙、お返しします。先ほども言いましたが、弓道に少々興味があったので体験しただけで、入部する気はありません」

「でも素質あるし、絶対やった方がいいと思うわ」

北条君はわたしをちらりと見て、食い下がる先輩に言った。

「お断りします。僕にはやるべきことがありますので」

「そ、そう……もし気が変わったら、またいつでも来てね」

先輩は笑顔を作りながらも、明らかにがっくりしながら去っていった。

「とりあえず飛んできたグールは片付けたが、たぶんこれで終わりじゃない」

御影君の言葉に、虎鉄君がうなずく。

「グールの気配を、まだどっかから感じるな」

「あそこだ。グールはあの塔から飛んできた」

北条君が指さした方向には、時計塔があった。

4

レンガ造りの古びた時計塔は、鳴星学園の建物の中で一番高い。下から見上げると、まるで巨人に見下ろされているような威圧感がある。風雨にさらされた壁は薄汚れて、壁をはう枯れたツタが垂れ下がって手のようにゆらゆら揺れている。

うわぁ、不気味な雰囲気だ……いかにも幽霊がいそうな感じ。

扉の前で緊張して足をすくませていると、北条君が言った。

「行くぞ」

「あ、あの……やっぱり、行かなきゃダメかな？」

青く冷ややかな目がわたしを刺すように見る。

「蜂のグールはこの時計塔から飛んできた。ここになんらかの原因があることは明らかだ。原因を断たなければ、解決にはならない。解決しなければ君は再び襲われる」

「そ、そうですね……」

北条君の言葉はまったくもって正しい。正しすぎて、行くのが怖いなんてとても言えないよ……。

緊張で冷たくなった手を、御影君がそっと包みこむように握ってきた。

「大丈夫だ、俺がついてる」

御影君の手の温かさで、緊張がすこしやわらいだ。

「うん」

そうだね、御影君がいるんだから大丈夫。

おかげでちょっと勇気が出てきて、よし行こう、って思えた。

時計塔の鉄扉には、大きくて頑丈そうな南京錠がかかっている。

北条君が南京錠にそっと手をあてて、魔法の呪文をつぶやいた。

「ハイフロー」

その手から放たれた冷気で鍵がピキーンと凍りつき、ぐっと力を入れると鉄はガラスのようにもろく砕けた。悪魔には、頑丈な鍵もまったく効果がないみたいだ。

虎鉄君がわくわくした様子で扉を押し開けた。

「おっじゃましま〜す」

ギギギギギィィ……さびついた音が響く。

塔の中に日光が射しこんだ。でも光は入り口付近をわずかに照らしただけで奥の方までは届かない。中は濃厚な闇に満ちている。

「真っ暗だね……」

すると北条君が暗闇の一角を指さして言った。

「あそこに階段がある」

「え？　北条君、見えるの？」

「むろん。僕ら悪魔は夜行性だ。当然夜目がきく」

北条君の青い目が、暗闇の中で冴え冴えと青さを増している。御影君と虎鉄君の目も変化していた。ふだん御影君は黒い目で、虎鉄君は茶色がかった瞳をしているけど、それぞれの目が赤と金になっている。暗闇で鮮やかに光る目は、猫の目を思わせる。そういえば猫も夜行性の生き物だ。

御影君が掌を闇に向けた。

「炎よ、灯れ」

ボッ！　暗闇にいくつかの炎の玉が浮かび、あたりが一気に明るくなった。

「これでリンも見えるだろ。怖いの、少しはやわらぐだろ？」

御影君の心遣いに、わたしは心から感謝した。

「うん。ありがとう」

御影君と微笑み合っていると、虎鉄君が横からさらうように、わたしの肩を抱いて歩きだした。

「よっしゃ、肝試しにレッツゴ〜！」

すかさず御影君が虎鉄君の腕を叩きはらう。

「リンには俺が付き添う。おまえは引っこんでろ」

「引っこむのはそっちだろ。子猫ちゃんにリンのエスコートなんざ、百年早えよ」

「リンに野良猫は似合わない」

ふたりはわたしを挟んで視線をぶつけ合う。

「えっと、じゃ、みんなで一緒に仲良く……」

わたしの提案に、ふたりは声をそろえた。

「「嫌だ」」

……こういうときは気が合うんだね。

う〜、どうしよう？　困っていると、北条君が解決案を出してくれた。

「言い争っている時間が無駄だ。どちらが彼女をエスコートするか、このコインで決めろ」

ポケットから1枚のコインを取り出して言った。

御影君は舌打ちしながら不承不承に言った。

「ちっ、しょうがねえな」

「零士、おまえは参加しないのか？　参加するならジャンケンでもいいけど」

虎鉄君の誘いに、北条君はそっけなく答えた。

「僕は結構だ」

そしてコインを指で弾きあげ、手の甲で受けて、手で覆う。

「選べ。裏か、表か」


春まっただ中だというのに、時計塔の中は真冬のように冷えきっていた。

生き物の気配はなく、わたしたちが階段を上る音以外に音はない。塔の内側の壁をはうようにつづく階段は幅が狭く、ふたり並ぶのがやっとだ。

ときどき窓があってそこから光が入っているけど、時計塔内部の闇を照らす力はない。明かり代わりの赤い火の玉を頼りに、わたしは階段を一段一段上った。

パン！　突然、頭上で風船が破裂するような音がして、わたしはビクッとした。

「きゃ!?」

誰もいないはずなのに謎の音が鳴る……これって、もしかして、心霊現象のラップ音では？

パン！　ピシ！　ガタタッ！　音はどんどん大きく激しくたてつづけに鳴る。

それをかき消すような声で、御影君が叫んだ。

「あ――――っ！　虎鉄、いまリンにさわっただろ⁉」

後方からついてきていた御影君が、わたしの横にいた虎鉄君に苦情を申し立てた。

わたしがビクッとした弾みで、虎鉄君と手がちょっとふれただけなんだけど……。

「リンにくっつくな！　離れろ！」

「あ？　こんなのくっついたうちに入るかよ。くっつくっつーのはな……こうだっ」

虎鉄君がわたしをがばっと抱きしめて、髪に頬をすり寄せてきた。

「ん～、リンはやわらかくって抱き心地がいいなぁ～」

「ひゃ……！」

わたしが悲鳴をあげる前に、御影君が怒鳴った。

「セクハラだ――っ!!」

「これは役得っつーんだ。勝者に与えられる特権だな。にゃははっ」

コイン勝負で勝った虎鉄君が、勝ち誇った顔で笑う。

「虎鉄、てんめえ……！」

御影君が怒りで顔を引きつらせながら階段を上がろうとすると、虎鉄君がその足元をビッと指さした。

「おら、そこの負け猫、半径5メートル以内に近づくな。リンのエスコート権は俺がゲットしたんだ。デートの邪魔をすんじゃねぇ」

「ぐ……！」

御影君はこめかみに青筋をたてながら階段を一段下がる。

バン！　キン！　ダダン！　またまた音が鳴って、わたしは身をすくませた。

「この音って……ラップ音、だよね？」

最後尾にいる北条君が、音にまったく動じることなく述べた。

「そうだ。霊的なものが現れると空間にひずみができて、音が鳴る」

「ってことは……幽霊が近くに？」

「いる。グールか幽霊、またはそれに類するものが」

バァン！　ひときわ大きく鳴ったラップ音に、御影君が八つ当たり気味に怒鳴りつけた。

「うるせえっ！」

火に油がそそがれるように、明かり用の炎に御影君の怒りがそそがれてボウボウ燃える。

それを見て虎鉄君がからかうように言った。

「お〜燃やせ燃やせ。この中、ちょっとさみーからちょうどいいわ」

「さみーなら、おまえを燃やしてやろうか？」

ふたりとも〜、幽霊のことをもう少し気にしようよ〜。

虎鉄君はわたしの肩を抱いて階段を上がりながら、聞こえよがしに声を大きくして言う。

「リン、男に一番重要なもんって何かわかるか？　それはな、『勝負強さ』だ。これ、すっげー大事だから。肝心なときに負ける奴は使えねーから。勝負強さ、結婚相手を選ぶときの条件に入れておけよ」

「く……！」

あぁ……御影君がどんどん不機嫌になっていくよ。

虎鉄君は明らかに、わざと御影君をからかっている。ちょっと度が過ぎてる気がして、わたしは虎鉄君の服をくんと引っぱって小声で言った。

「虎鉄君、あの……御影君をイジメないで」

「イジメ？　あー、そうとる？　まあ、イジメっちゃーイジメか……なあ、リンはなんで俺があいつをイジメてっか、わかる？」

「え？」

虎鉄君が顔を寄せて、わたしの顔をのぞきこむ。

「俺のエスコートじゃ嫌？　御影の方へ行きたい？」

「え？　そ、そういうわけじゃ……」

虎鉄君はわたしの肩を抱く手に力をこめて、金色の目を鋭く細めた。

「ダメ。リンが嫌でも行かせない。勝負に勝ったのは俺だから、リンは俺に従わなきゃ」

あれ？　なんか、そういう言い方、虎鉄君らしくないような……従えなんて。

「従わなきゃダメなの？　婚約者だから？」

首をかしげながら素朴に思った疑問を口にすると、虎鉄君は口ごもった。

「や……従う義務はない、けどさ」

少し気まずそうな顔をして、わたしから手を離した。

「とりあえず、時計塔の上に行くまでの間だけだから。それまで俺に付き合ってくれないか？　頼むよリン。な？」

まあ……上に行くまでなら。そう思って、わたしは「うん」とうなずいた。

御影君が毛を逆立てる猫みたいになって怒鳴った。

「何コソコソ話してんだ～！」

北条君がしびれを切らしたように言う。

「さっさと進め」


鉄製の階段を上がっていくと、広い場所に出た。そこには、大小さまざまの歯車が複雑に組み合わさった大きな機械があった。

たぶんこれは、時計を動かす機械だ。いまは動くことなく、凍りついたように沈黙している。

そのとき突然、時計の歯車のいくつかが青白く光り、宙に浮きはじめた。

わたしはぎょっとした。

「え!?　な、なに!?」

空中に浮かぶ大小無数の歯車が漂うようにゆっくりと動いている。まるで宇宙空間を惑星が漂うみたいに。

「ポルターガイストだ。どうやらこの時計塔の住人は、僕たちを先に進ませたくないらしい」

歯車は隙間なく空中を浮遊して、わたしたちの行く手を阻む。北条君の言うとおり、これじゃあ先には進めない。すると虎鉄君が言い放った。

「おい、黒猫。なんとかしろ」

「あ？　なんで俺が」

「どうせ暇してんだろ？」

「誰がおまえの言うことなんか！」

「アホ、リンのためだ」

その言葉に、御影君がぴくりと耳を立てる猫みたいに反応した。

「おまえ、なんのためにここに来たんだ？　リンを狙うグールを退治するためだろ」

御影君がう〜〜〜〜とうなる。

「1回だけ、一瞬だけ、リンにふれることを許可してやるよ。おら、行け」

「う〜〜〜〜〜おまえのためじゃねえ、リンのためだからな！」

御影君が階段を跳躍してわたしの前に来ると、いきなりわたしを抱きしめた。

ドキン！　わたしの心臓が跳ね上がると同時に、御影君が叫んだ。

「炎よ！」

胸元でスタージュエルがルビー色に輝いて、足元に現れた真紅の魔法陣から炎が噴き出す。炎の中で黒衣をまとい、首にルビー色の石がついたチョーカーを装着して、御影君が悪魔の姿になった。

契約した魔女にふれれば、悪魔の魔力はぐんと強くなる。わたしにふれて魔力を高め、準備はできたはずだけど、虎鉄君が不快げに顔をしかめて、御影君はわたしから離れようとしない。

「おいコラ、一瞬だけっつったろが！　どさくさにまぎれてセクハラしてんじゃねえよ！」

御影君はほんのり頬を赤らめながら力強く反論した。

「違う。これは、愛だ！」

どーん！　大砲をくらったみたいに心がぐらっときた。のけぞりそうになりながら上を見上げて、ぎょっとした。浮遊していた歯車が突然、こっちに向かって飛んできた。

「み、御影君、上ー！」

御影君は名残惜しそうに腕をほどいて、

「じゃあ、行ってくる」

と、まるで玄関で新婚夫婦がするみたいに、わたしの頬に行ってきますのキスをした。

ボッ！　わたしの顔が真っ赤になるのと同時に、御影君の炎も点火した。

「燃えろ、炎！」

御影君は紅蓮の炎をまとって空中に跳躍し、襲いくる歯車に突進していく。

「危な……！」

叫ぼうとして、わたしは声を飲みこんだ。

ポルターガイストで飛んできた歯車を、炎をまとった御影君が蹴りや拳で次々とたたき落としていく。階段や壁のわずかな出っ張りを足場にして、人並みはずれた跳躍力で宙を舞い、猫のように軽やかな身のこなしで歯車に炎をぶつけていく。

「があああっ！」

吠えながら、御影君は歯車をことごとく弾きとばした。弾かれた歯車は壁にめりこみ、あるいは床に転がる。しかしそれらはまた空中に浮かび上がり、御影君へと向かっていく。

北条君が腕組みをしながら言った。

「御影、たたき落とすのではきりがない。確実に始末しろ」

「いまやろうとしてたところだ！　吠えろ炎！　灼熱砲火！」

御影君の炎が勢いを増して次々と放たれて、あたりが紅に染まった。飛んでくる歯車は灼熱の炎で溶かされて、液体となったそれはもう二度と動かなかった。

黒衣をはためかせ、炎をまとって戦う赤い瞳の悪魔――わたしの目はその姿に釘づけになって、胸がきゅんと鳴った。

（か、かぁっこいい……！）

ドキドキしながら見とれているうちに、ポルターガイストで浮遊していた歯車はすべて炎によって溶かし尽くされた。

御影君が最上部にあるドアの前に立ち、

「幽霊だかグールだか知らねーが、とっとと出てきやがれ！」

炎のキックで、部屋の扉を蹴破った。

5

わたしは虎鉄君と零士君と階段を上がり、その部屋に入って感嘆の声をあげた。

「わあ……！」

そこは教会の礼拝堂を思わせる空間だった。明かりとりの窓はステンドグラスになっていて、色とりどりのガラスでキレイな女性や双子らしき男の子、羊や牛といった動物がかたどられている。

多角形の部屋の壁にはぐるりと囲むように十二星座のマークがあり、それを見て、ステンドグラスにかたどられているのは星座の絵なのだと気がついた。見上げると、目がかすむほど高い天井から大きな鐘が吊り下がっているのが見える。

どうやらここが時計塔の最上階みたいだ。

スタージュエルが淡く光って点滅し、警戒をうながしてきた。

すると突然、前方に青白い炎がポッと灯った。御影君の赤い炎とはちがう。青白い火の玉がいくつか浮かび、その下に女の子が現れた。うずくまって両手で顔を覆い、消え入りそうな声で泣いている。

「う……ううっ……ううっ……」

その身体は青白く、向こう側が透けて見える。女の子はか細い声でつぶやいた。

「う……うらめしや……」

ほ……本物の幽霊だーっ！

わたしが悲鳴をあげる前に、御影君の怒鳴り声が響いた。

「うらめしいのはこっちだ！　虎鉄の奴がリンにベタベタしやがって、もとはといえばおまえのせいだ！　だいたいなぁ、人魂があるんならそれで階段照らしとけよ！　俺がわざわざ火ぃ出す必要なかったじゃねえか。気がきかねえ幽霊だな！」

御影君の言いがかりに、幽霊はあぜんとしている。

そりゃそうだよね……幽霊と対面してこんなことを言う人は、たぶん他にはいない。

さらに、虎鉄君が興ざめしたように肩をすくめた。

「うらめしや？　なんだそりゃ！　いくらなんでも時代遅れだろ。幽霊がどう登場するか期待してたのによ。あ〜あ、がっかりだぜ」

おまけに、北条君が腕組みしながら言う。

「日本の幽霊の第一声といえば『うらめしや』が定番だ。いわば伝統、正しい日本の幽霊だと言える。だが服装がなっていない。なぜ白装束を着て額に三角形の白い布をつけない？」

言われ放題であぜんとしていた幽霊が、キッとなって言い返した。

「そんなの、かわいくないからに決まってるでしょ！」

え〜!?　言い返すことって、それ!?

しかも白装束着ない理由が、かわいくないからって……。

「わたしはファッションにはこだわりがあるの。幽霊になったからって、趣味の合わない服を着るなんてまっぴらよ。わたしの美意識に反するわ」

「……なるほど」

おぉ、北条君が納得したよ。

「それに、うらみがあるから、うらめしやって言ってんの。わたしがなんと言おうとわたしの勝手でしょ？　あなたたちをおもしろがらせるためにやったんじゃないし！」

すごく元気のいい幽霊だなぁ。

幽霊って、もっと暗くておどろおどろしいイメージがあったんだけど、この子はそれには当てはまらないみたいだ。

幽霊少女は鳴星学園の制服を着ている。歳も背丈もわたしと同じくらい。ふんわりしたセミロングの髪をふたつに結び、ゆるく巻いていて、制服のスカートと同じチェックのシュシュを髪飾りにしている。学校の購買では売ってなかったから、自分で手作りしたのかな。ファッションにこだわってるだけあって、とってもオシャレだ。またそれがよく似合っている。

オシャレが大好きな普通の女の子なんだ、と思うと、怖いっていう気持ちがうすらいだ。

そんなことを思ってると、幽霊少女がこっちを見て目が合った。

「あ、こんにちは」

思わず挨拶をすると、幽霊少女は不満げに顔をしかめた。

「……非常識だわ」

「え？」

あぉぉ、

「幽霊にこんにちはって、それおかしいでしょ!? こっちがさんざん脅してるのに、どうして怖がらないの!? あなたたち、非常識にもほどがあるわ！」

「ご、ごめんなさい……」

「それもおかしいでしょ！ 脅した幽霊に謝るなんて」

「ごめんなさ……あ」

「また謝った！ あなたって、何か言われたらすぐ謝っちゃうタイプでしょ？ そういうのよくないわよ。周りに見くびられて、いいように使われちゃうんだから。しっかり言い返さないと！」

思わず、わたしは笑った。

「……なに？」

「幽霊とこんなふうに話せるなんて、思ってなかったから。ちょっとうれしいなぁって思って」

驚きの発見だった。幽霊って怖いだけじゃないんだ。

それがやけにうれしくて、自然と笑みがこぼれる。

幽霊少女はわたしから目をそらすようにうつむき、口をつぐんだ。

「あの、あなたが時子さんですか？」

問いかけると、幽霊少女は怪訝に首をかしげた。

「は？　時子さんって、誰？」

「学園の怪談で、この時計塔には時子さんっていう幽霊がいるって聞いたんですけど」

「なにそれ？　わたしは時子なんて名前じゃないわ。だいたい学校の怪談なんて、どうせ誰かがおもしろがって言いふらした作り話でしょ」

「そ、そっか……じゃあ、あなたの名前は？」

わたしの問いかけに、幽霊少女は一瞬驚いたように目を見開き、そして怪訝な表情をした。

「……どうしてそんなこと聞くの？」

「え？　時子さんじゃないなら、なんて呼べばいいかなって思ったんだけど……」

そのとき。

ゴワァァアーン……頭上で鐘が鳴り響いた。

幽霊少女がハッと鐘を見上げてつぶやいた。

「――逃げて」

「え？」

「あいつが出てきた！　早く逃げて！」

見上げると、天井から吊り下がっている大きな鐘の内部で何かが動いている。暗くてよく見えない。

「あれは……？」

わたしの疑問に、北条君が答えた。

「グールの卵だ」

鐘の中には黒い卵がびっしり鈴なりになっている。それはまるで蜂の巣のよう。

鐘の音に呼び起こされるように、無数の卵の殻が次々と割れて、蜂のグールが顔を出す。

その光景に、わたしは身震いした。

「うう、き、気持ち悪い……！」

グールが孵化すると、誕生の羽ばたきで再び鐘が揺さぶられて鳴った。

ゴワアアアーン……ゴワアアアーン……鐘が何度も鳴り響く。

卵から孵ったばかりの蜂グールが、一斉にわたしに向かってきた。

「燃えろ、炎！」

正面から来たグールは御影君の炎に次々と燃やされていく。

その間に、虎鉄君がわたしにふれた。

「風よ！」

スタージュエルが金色に輝いて、足元に金色の魔法陣が光る。光と風の中で虎鉄君が黒衣の悪魔になり、その両耳に金のピアスがきらめいた。

「ブラストファング！」

炎をかわして回りこんできたグールは、風に引き裂かれて消滅する。

炎と風がわたしをとり巻いて、グールの攻撃をはばんだ。

するとなぜか、グールたちは開いていた窓から外へと飛び立った。

「グールが外へ……どこ行くの!?」

「このままではかなわないと見て、獲物を探しに行ったのだろう。人々を襲って悪意を増大させ、その悪意のオーラを吸収すれば、グールは力を増す」

北条君の言葉にぞくりとした。

あんなにたくさんのグールが一斉に人々に襲いかかったら……大変なことになる。

「止めないと！」

あせりで叫んだわたしの声を、虎鉄君がさらりと受けとめた。

「止められるぜ。俺とリンが結ばれれば」

「結ばれる……？」

それってどういうこと？

首をかしげていると、御影君が叫んだ。

「リン！　待──」

その声は突風にさえぎられて聞こえなくなった。周囲の様子も見えなくなって、わたしは竜巻の中で、虎鉄君とふたりきりになる。

ふいに、虎鉄君が言った。

「あのさ、昨日、魔女修行で使ってた箒だけど」

「え？」

「あれって、どんな箒だっけ？」

「どんなって……」

どうしていまそんなことを聞くんだろう？　そう思いながらも、どんな箒だったか考えた。

柄は黒くて長い木の棒で、穂の部分はふんわりやわらかいけど、しっかりコシがある。その形とか、傷とか、頭の中に思い浮かべた──その瞬間だった。

「ミランコール！」

虎鉄君が呪文を唱えた瞬間、わたしの背後で光がわき起こった。その光は金色の魔法陣で、虎鉄君は光の中に手を突っこみ、一本の箒をつかんで引っぱり出した。

その箒を見て驚いた。

間違いない。いまわたしが頭に思い浮かべた、うちでいつも庭掃除に使っている箒だ。

「え？　どうしてうちの箒が……!?」

「これは召換術。リンが頭に思い浮かべたものをとり出せる。この箒で蜂グールを追いかけよう。うろちょろ飛び回る相手は、飛んで追いかけて退治するのがてっとり早いだろ」

飛んで追いかける？　それってもしかして！

「箒に乗って、空を飛ぶってこと!?」

「イエッス」

わたしは感嘆の声をあげた。

「虎鉄君、すごぉい！　箒で飛べるんだっ」

「いや？　俺は飛べないぞ」

「え？」

虎鉄君は箒をわたしの両手に握らせて、にっこりと笑った。

「箒で飛ぶっつったら、やっぱ魔女でしょ」

え？　え？

突然、ぶわっと下から風が吹き上げてきた。いつの間にか、わたしは虎鉄君と時計塔の窓辺に立っていた。その出窓のようなところには窓ガラスも手すりもなく、足元に見える地面ははるか下。

わたしは嫌な予感がして顔を引きつらせた。

「こ、虎鉄君、まさか――！」

虎鉄君はニッと笑って、わたしの肩にがしっと腕を回す。

「そんじゃ、空飛ぶグール退治にレッツゴ～！」

そして、わたしの肩をつかんだまま、時計塔の最上階から飛び下りた。

6

「き……きゃあああああああああ〰〰〰〰〰〰〰〰〰〰〰〰〰〰〰〰〰〰〰！」

痛いほどの風圧がたたきつけてきて、目が開けられない。息もできない。

もうダメ……！　身体を縮めて、手にある箒をただ握りしめる。

「リン、『飛べ』と」

落下しながら、背後から虎鉄君の声が聞こえた。

「一言言うだけだ。飛べ、と！」

頭が真っ白になって、言われるままにわたしは叫んだ。

「と、飛べーーっ！」

瞬間、身体がふわっと浮いた。

落下が止まって、今度はどんどん身体が浮き上がるのを感じた。

「ほらな、飛べた」

恐る恐る目を開けると、そこは空だった。時計塔をはるかに越えた上空からは、広い鳴星学園を見渡すことができ、町をも一望できる。でも眺めを楽しむ余裕なんてない。落ちたら一巻の終わり。

そんな高さの空中で、頼りになるのは細い箒一本。

わたしの全身から血の気が引いた。

「お……落ちるーっ！」

がくん、と箒がバランスを崩した。

「きゃーーっ！」

「風よ、吹き上がれ！」

箒にしがみつくわたしを後ろから抱えこむようにして、虎鉄君が箒の柄を握りしめる。魔法の風で箒を持ち上げようとするけど、箒はがくがく激しく揺れながら落下していく。

「大丈夫だ！　1回飛べたんだから、飛べるって！」

「無理ぃ～！　だってわたし、運動神経ないし……修行でも何もできなかったし……成長しないし……！」

言いながら、頭にマイナス思考が充満する。まるでそれが重しになったように、箒はますます落ちていく。

ネガティブなわたしを吹き飛ばすように虎鉄君が叫んだ。

「俺がいる！」

虎鉄君がわたしを強く抱きしめながら言った。

「リンはひとりじゃない、俺がついてる！」

背中に虎鉄君の鼓動を感じる。強く、速く、大きく音を立てている。わたしと同じように。

そういえば、「俺は飛べない」って言ってた。

わたしが落ちれば、虎鉄君も落ちる。

なのに、虎鉄君はダメなわたしを離そうとはしなかった。

「俺がフォローする！　だから、絶対に飛べる！」

力強い励ましの言葉が胸に響いた。わたしはいままでたくさんの失敗をしてきた。ひとりでなんとかしようとがんばっても、ぜんぜんうまくいかなかった。

でも、虎鉄君が一緒なら。

「リン、俺を信じろ！」

自分を信じるのはなかなかできないけど、虎鉄君を信じることなら――それなら、できる。

わたしは箒をぎゅっと握りしめて答えた。

「うん……信じる！」

その瞬間、胸元のスタージュエルから金色の光があふれて、身体がふわりと浮いた。

頭上に金色の魔法陣が現れて、金色の光がわたしの身体を覆う。そして光の中で、学園の制服が金色のドレスになった。風で巻き上げられた髪が金色のリボンできゅっと結われる。

「これは……？」

光で編まれたようなドレスが風にはためき、太陽の光を浴びてキラキラ輝いている。

「ウエディングドレスだ」

わたしはびっくりして叫んだ。

「ウ、ウエディングドレス〜⁉」

「そう、魔女専用のな。悪魔と契約した魔女だけがまとえるドレスだ。俺たち悪魔の力が高まると黒衣をまとうみたいに、魔女にもここぞというときの衣装がある。それはリンの勝負服だ」

いわゆる魔女の衣装といえば、黒いマントに黒いとんがり帽子。ちょっと暗いイメージがあったんだけど、これはそれとはまったく違った。華やかで、キラキラしてて、すごくかわいい。

ふり向いて見ると、虎鉄君の胸元に光のコサージュがついていて、わたしのドレスと同じように光っている。

虎鉄君がわたしの顎をくいっとつかみ、顔を間近からじっと見つめて言った。

「――うん、やっぱ俺の見立ては間違ってないな」

「え？」

「すっげーよく似合ってる。思ったとおり――いや思ってた以上に、リンはいい女だ」

カ〜ッと顔が赤くなるのを感じて、わたしはうつむいた。

照れくさくて箒をぎゅっと握ったとき、はたと気がついた。

「あれ？　わたし……飛んでる？」

いつの間にか箒にまたがって空に浮いていた。自転車にふたり乗りするみたいに、わたしは虎鉄

君と箒にふたり乗りして、流れる風に乗っている。

虎鉄君がふっと笑いながら言った。

「ああ。見てのとおりだ」

「もしかして、わたし……いま魔法使ってる？」

「ああ。俺は何もしていない。箒を飛ばしているのはリンの力だ」

吹き抜ける風の中で、わたしはぐるりと周りを見回した。

見上げると広い空があって、そして眼下には学園や町が広がっている。

わたしはわたしの力でここにいる――これが、わたしの初めての魔法。

「わたし、飛んでるっ！」

うわぁぁ、爽快！　うれしさと楽しさがこみ上げてきて、思わずはしゃぎ声をあげる。

「お、いい笑顔。箒も安定してきたな」

そういえば、がくがくしていた箒の揺れがぴたりと止まっている。

「あんなに揺れてたのに、どうして？」

「リンがリラックスして、気持ちが安定したからだ。箒で飛ぶのに運動神経は関係ない。重要なのはただひとつ、リンの気持ちだ。魔女の意志に応えて箒は飛ぶ――リンは、グールを止めたいんだろ？」

虎鉄君が後ろから顔をのぞきこんできた。

「止めて、刺されそうな奴を助けたいんだろ？」

「——うん」

「リンにはちゃんと意志がある。だから大丈夫。魔法を使うのなんて朝飯前、箒で飛ぶくらい余裕っしょ」

ニッと笑う虎鉄君に誘われて、わたしも笑った。不思議……虎鉄君の笑顔を見ると、気持ちがふわりと軽くなる。大丈夫って言われると、そうだね、って思える。

そのとき胸元のスタージュエルがチカチカ点滅し、一筋の光線で学校の一角を照らした。

「スタージュエルが……！」

「グールの居場所を教えてくれてるんだろ。カルラの応援かもな」

お母さんがくれたスタージュエルが応援してくれて、背中には虎鉄君のぬくもりを感じる。

もう怖いものはなかった。

「さぁ、行こうぜ。一緒にグールの大掃除だ！」

「うん！　箒よ、力を貸して！」

わたしはスタージュエルの光が射し示す方向へ目を向けた。

すると箒の柄の先が、がくんと動きそちらの方角へびゅんと飛んだ。ホントだ。あっちへ飛びたい――わたしが思ったことに箒が応えてくれた。

(うん、大丈夫だ)

虎鉄君の言うとおり、箒で飛ぶくらい余裕だよ！

箒に力が満ち、ぐんとスピードが増した。わたしはスタージュエルの光線をたどって、グールを捜す。

「いた！」

飛んでいるグールを見つけた。

瞬間、箒は、どひゅ――ん！　と飛んで、あっという間にグールに追いついた。

「えっと、グールに追いついたけど、どうすれば!?」

背後で虎鉄君が箒の柄にひょいっと立ち上がり、その魔力で強い風を巻き起こした。

「心配ご無用、グール退治は俺にまっかせなさい！　ブラストファング！」

箒で飛び抜きざまに、風が蜂グールを切り裂いた。

わたしは感嘆の声をあげた。このスピードで、飛ぶグールを正確に、一瞬で退治してしまうなんて。

「虎鉄君、すごい！」

「だろ？　まあ、半分はリンのおかげだけどな」

「え？　わたし？」

「魔女がウエディングドレスをまとえば、パートナーの悪魔もパワーアップする。気持ちが通じ合えば、お互いの力が響き合って、輝き合える。これが結ばれるってこと」

虎鉄君の胸元で光のコサージュが輝いて、わたしのウエディングドレスも輝きを増している。心を合わせて飛びながら、確かに一緒に輝いている。

わたしは微笑んで、素直な感想を口にした。

「結ばれるって、うれしいね」

虎鉄君の頬がほんのり赤くなった。

「……それ、マジ？　俺と結ばれて、うれしい？」

「うん」

「うっわ……俺、いま、めちゃくちゃヤル気出てきたわ。っしゃ！　次、行こうぜ！」

「うんっ」

わたしは箒で上昇して旋回し、次のグールを追って飛んだ。

孵化した蜂グールは1匹じゃない。何十匹が、しかも四方八方に飛んでいった。でも問題ない。わたしの胸元でスタージュエルが光り、その光がグールのいる方向を教えてくれる。

光を追って飛んでいくと、グラウンドに蜂グールが3匹いた。陸上部の人たちが30人ほどで準備運動をしていて、3匹のグールはその頭上を飛び回っている。まるで獲物の品定めをするように。

スタージュエルの光がグラウンドを広く照らして、そこにいる人たちの身体に守護星座のマークを浮かび上がらせた。牡牛座、乙女座、双子座……いろんな12星座のマークが見えて、山羊座のマークを見たところで、わたしはハッと気がついた。

(もしかして)

今朝のミス＝セレナの星占い、アンラッキー星座は山羊座だった。アンラッキーな日は、その星座の星の守護が弱まる日だ。

(グールは、山羊座の人を捜しているのかも)

思ったとおり、グールは山羊座の人に向かっていく。

「虎鉄君、グールは山羊座の人を狙ってる！　山羊座は今日アンラッキーで、だから！」

うまく説明できてるかわからなかったけど、虎鉄君はすぐに飲みこんでくれた。

「了解。山羊座な。狙われている奴がわかれば、グールの動きが予想できる。リン、グールの前に回りこめ」

「うん！」

山羊座の人はふたりいる。わたしはスピードを上げて、グールの前に回りこんだ。

瞬間、虎鉄君の風がうなった。

「ダブルファング！」

風が同時にグール２匹を切り裂いて消滅させた。

わたしは箒で上昇しながら、ふと心配事が胸をよぎった。

「わたしたち、みんなに見られなかったかな？」

「へーキへーキ。このスピードだ、常人には見えねえよ」

再びスタージュエルが光り、次のグールを指し示す。

「次は、あっち！」

箒がぐぐっと方向を転換して、びゅん！　と空をすべるように飛んでいく。

今度は校舎の周りをうろついているグールを見つけた。

「あそこ、５匹いる！　虎鉄君、大丈夫？」

「もち、余裕」

「じゃあ、行くね！」

わたしが箒で飛んで蜂グールを追い、虎鉄君がそれを風の刃で消滅させる。そういう分担で、次々と蜂のグールを消した。この調子でいけば大丈夫！　そう思ったとき、突然、グールたちが反撃に出てきた。針を突き出して、一斉にこっちに向かって飛んでくる。

「きゃ⁉」

とっさに箒にブレーキをかけてそれをかわした。

グールたちがどんどん集まってきて、わたしたちをとり囲む。ざっと見て20から30匹。

「へえ……このグール、バカじゃないみたいだな。バラバラじゃやられることを悟り、集まって反撃に出てきやがった」

「好都合だよ。向こうから来てくれるなら追いかけなくていいし、誰かが刺されるのを心配しなくていい。こっちに向かってくるグールを迎え撃てばいいんだから」

返事が聞こえなかったのでふり向くと、虎鉄君がまじまじとわたしの顔を見てくる。

わたしはハッと我に返った。

「ご、ごめんなさい！　わたし、偉そうに……！」

「いやいやいや、悪くないぜ、その感じ。女は度胸ってな。俺、肝の据わった女、大好き」

虎鉄君は心底うれしそうに笑い、上を指さした。

「リン、上空に向かって飛べ。雲の上でグールを迎え撃つ。おびき寄せて一網打尽だ」

「うん！」

わたしは箒の柄を空へ向けて上昇した。蜂グールたちの羽音を背後に聞きながら、白い雲を突き抜けて、そして雲の上に出た。

快晴の青空にグールが集まってきた。

わたしは箒で旋回し、追いかけてくるグールたちをギリギリまで引きつけた。

「虎鉄君！」

わたしの合図に応えて、虎鉄君が叫んだ。

「一気に決めるぜ！　トルネードファング！」

竜巻のような旋風が起こり、グールを次々と切り裂いていく。裂かれたグールは消滅し、風に吹き飛ばされるように消えた。

「やったね！」

「ああ。と、言いたいところだが――」

ブーン……また羽音が聞こえて、わたしはギクリとした。

白い雲の中から、また新たなグールが現れた。

「まだ、いるの……!?」

それも1匹や2匹じゃない。10匹、20匹……それ以上。その数に一瞬ひるんだけど、すぐに気をとり直す。虎鉄君がいるから大丈夫！

「虎鉄君、さっきの魔法、もう一度お願い！」

「わりぃ、無理」

「え？」

目をぱちくりさせてふり向くと、虎鉄君が申し訳なさそうに笑いながら言った。

「悪魔が人間界で使える魔力には限界があるんだ。実はさっきの攻撃で、魔力をほぼ使い切っちまった」

「ええ〜!?　余裕じゃなかったの!?」

「好きな女の前で、男が弱音吐くわけにゃあいかんでしょ」

虎鉄君は笑っていたけど、その顔色はいつもと比べると少し青ざめている。グールを倒すために、無理して魔法を使っていたんだ。

恐る恐るグールの方を見ると、おびき寄せて集めた蜂グールがこっちを見ていて、目が合った。

「うっ……きゃあ⁉」

突然、箒がバランスを崩して揺れはじめた。木の枝から離れた落ち葉のように、あっちこっちふらふらしながら落ちていく。

虎鉄君が背後からわたしを包みこむようにして箒の柄をつかんで、揺れを抑えようとする。

「リン、落ち着け。リンが迷ったり動揺したりすれば、箒もふらつく」

そ、そっか、箒を動かすのは魔女の意志。わたしが弱気になったからふらふらするんだ。

がんばれわたし！　気持ちを立て直して！　自分に気合を入れようとしたけど、がんばらなきゃって思えば思うほどあせって箒が大きく揺れてしまう。

「リン、ひとまず時計塔に戻ろう」

「う、うん！」

虎鉄君に言われて次の行動が決まると、なんとか箒の揺れはおさまった。

わたしは時計塔をめざして猛スピードで下降し、雲の中に突入した。グールの群れに追いかけられながら雲を抜けると、時計塔が見えてきた。

講堂の屋根の上に御影君と零士君が立っていて、こっちを見上げている。

ふたりの姿を見てホッとした。悪魔の黒衣をまとった御影君の手の上で炎が燃えている。その炎で助けてくれる——と思ったけど、いきなり御影君がこっちに向かって炎の弾を飛ばしてきた。

「えっ？」

炎はわたしをかすめるように飛んで、後ろの空中で爆発した。

ドオォォォォォン！

強い爆風を背後から受けて、箒がよろける。

「み、御影君⁉」

いま、こっち狙ってなかった⁉　予想外のことにわたしは思いっきり動揺してしまい、箒はぐらっと落下して、時計塔てっぺんの三角屋根に不時着した。

「きゃあ⁉」

よろけて落ちそうになるわたしを、虎鉄君ががしっと抱きとめてくれた。

虎鉄君は講堂の屋根にいる御影君を見下ろして言った。

「御影、あっぶねーだろ。リンに当たったらどうすんだ？」

「リンに当てるかよ。狙ったのはドロボー猫だ」

御影君が赤い目を鋭くひらめかせながら、虎鉄君にすごんだ。

「リンを返せ」

「返せ？　リンはおまえのものじゃねーだろ」

「俺のものだ。早くリンから離れろ」

「やだっつったら？」

虎鉄君が背後からわたしを抱きしめて、御影君に見せつけるようにして言った。

「どうよ、リンのウエディングドレス姿。よく似合ってるだろ？」

「虎鉄、てめえ……！」

「おまえさ、リンが最初に魔法を使うときのパートナーは自分だ、って狙ってただろ？　でも残念だったな。リンの魔法初体験の相手は俺だ。くやしいか？　くやしいよなぁ——俺もそうだった」

いつも笑顔の虎鉄君からスッと笑みが消えた。

「カルラは俺たち3人にルールを課した。『リンが13歳の誕生日を迎えるまで、決して接触してはならない』と。なのに、おまえは抜け駆けして、誕生日より前にリンに接触しやがった」

御影君がぐっと言葉に詰まる。

「それじゃあ、真面目にルールを守ってた俺や零士がアホみたいじゃねーか。俺はな、出し抜かれるのが一番ムカつくんだよ」

金色の目の奥に刃のような鋭い光がひらめく。虎鉄君の悪魔の顔が垣間見えて、わたしはゾクリとした。

「御影、よぉーく覚えとけよ。リンに初めてウエディングドレスを着せたのはおまえじゃねえ。この俺だ」

御影君の目が吊り上がり、その手から炎が噴き出した。

「てめえ……！」

「おいおい、俺にムカついてる場合かよ。ほれ、相手はあっち」

虎鉄君が指した方を見て、わたしはぎょっとした。

蜂グールが群れとなって上空いっぱいに飛んでいて、鋭くとがった針を突き出して降下してくる。

「引っこんでろ、グール！」

御影君は手に燃やしていた炎を弾にして、次々とグールに投げつけた。しかしグールの動きは速く、なかなか命中しない。

虎鉄君が両腕の力をゆるめて、ちょっと気まずそうな顔で言った。

「リン、わりぃ」

「え？」

「無理やり箒を持たせて飛ばせたり、御影への当てつけみたいなことしたり。我ながら、さすがに強引っつーか、ひどいっつーか……まー怒って当然だな」

わたしは首を横にふった。

「虎鉄君は、わたしのお願いを聞いてくれたんだよね？」

グールを止めたい──でもどうしたらいいかわからなかった。

そんなわたしを虎鉄君が引っぱってくれて、一緒に止めるのを手伝ってくれた。

「わたし、グールを止めたくて……早く魔法を使えるようになりたかった。虎鉄君のおかげで、両方いっぺんにできちゃった」

引っこみ思案で臆病で、やりたいことがあってもなかなか踏み出せない。そんなわたしがやりたいことをできたのは、虎鉄君のおかげだ。

「ありがとう」

虎鉄君は驚いた様子でまじまじとわたしを見つめ、ほんのり頰を赤らめながら照れくさそうに笑い、そして今度は正面からわたしを抱きしめた。

「ひゃ!?　あ、あの……！」

「俺、ちょっとあせっててさー……御影にあたるなんて我ながらちっちぇーなぁとは思ったけど、イジメずにはいられなかった」

「え？」

「リンが一番最初に会ったのは御影で、一番長くそばにいるのも御影で。リンが誰を結婚相手に選ぶか……勝負は現時点で、御影が一歩リード、だろ？」

ドキリ。自分でも意識していなかった心の奥をつつかれた気がして、心臓が音をたてた。

『俺を信じろ』とは言ってみたものの、無理かもな〜って半分思ってて……あれは賭けだった」

虎鉄君はそっとわたしの髪をなでて、そしてはにかみながら笑った。

「信じてくれてありがとな、リン」

トクン……金色の瞳に見つめられて、胸が鳴った。

やり方は強引で、何を考えているのかわかりにくくて、風のように自由奔放だけれど。

でも――その優しいまなざしから、虎鉄君の愛を感じた。

虎鉄君が髪から手を離した瞬間、ウエディングドレスが溶けるように消えて、わたしは制服姿に戻った。手に持っていた箒も消えて、そして虎猫になった虎鉄君がぽてっと足元に落ちた。

「……え？　え？」

虎猫は愛嬌たっぷりにニカッと笑った。

「もうちょいイチャつきたかったけど、残念ながらタイムアップだ」

「ええ〜〜〜!?」

虎鉄君の支えがなくなって、わたしは時計塔のてっぺんの屋根にひとりぽつんと立った。屋根はかなり斜めで、手すりや柵のようなつかめるものはない。下を見て高さに目がくらんだ。

「お〜い、リンが落ちるぞ〜！」

木が倒れるぞ〜！　な感じで、虎猫が下に向かって声を放つ。そして木が倒れるように、わたしの身体はぐらりと傾き、バランスを崩して屋根から落ちた。

「きゃあああっ！」

御影君が跳躍し、空中でわたしをキャッチして、猫のような身軽さで講堂の屋根に着地した。

わたしはホッと息をついて、瞬間、御影君に抱きしめられて息が止まった。

「リン……！」

焦がれるような感情に震える声、熱い鼓動と体温――御影君の熱にあてられて、わたしの身体の熱が急上昇する。

同時に御影君の魔力が一気に高まり、炎が大きく燃え上がった。

そのとき、頭上を旋回していたグールたちが一斉にこっちに向かって下降してきた。

「燃えろ」

御影君は真っ赤に燃える目でギンとグールを見据えた。

「燃え上がれ」

御影君から噴き出す炎が赤々と燃え上がる。

「燃やし尽くせ、劫火！」

空を飛んでいた蜂グールに逃げ場はなかった。巨大な紅蓮の炎が空を焦がすように広がり、蜂グールをほとんど瞬時に、跡形もなく燃やし尽くした。たった一撃で、あれほどいたグールがすべて消滅してしまった。

それで力を使い果たしたのか、御影君は黒猫になってわたしの腕の中に収まった。

7

わたしは北条君に手を引かれながら、黒猫と虎猫と一緒に時計塔の部屋に戻った。

頭上の鐘にグールの卵はもうひとつも残っていない。

「ここに巣食っていたグールはすべて駆除した。ひとまずは大丈夫だ」

北条君の言葉に、わたしはホッとした。

「よかった……」

被害者も出ず、無事に終わったみたいだ。

虎猫がニッと笑って言った。

「やったな、リン。けっこう白魔女っぽかったぞ」

「ホント？」

だったらうれしいな。

そのとき部屋にいた幽霊少女がわたしに話しかけてきた。

「ねえ、白魔女って何？」

わたしは北条君から教えてもらったことを思い出しながら答えた。

「魔女には、黒魔女と白魔女がいて……白魔女は、誰かを助けるために魔法を使うんだって」

「ふうん……あなた、白魔女？」

「あ、えっと、わたしは白魔女めざして修行中なの」

ふいに幽霊少女がわたしに言った。

「ねえ、友達にならない？」

突然の言葉にびっくりして、わたしは目をぱちくりさせた。

「え？　と、友達……？」

「そう。わたし、友達がほしいの」

その言葉にトクンと胸が鳴った。友達がほしい……わたしの願いも同じだ。

「わたしは幽霊だけど、もともとはあなたと同い年の中学生だよ。あなたやみんなと同じ、この学園の生徒。ちょっと早く死んじゃっただけ」

「どうして死んじゃったの……？」

「病気だよ。わたしね、生まれつき心臓が弱くて、もともとお医者さんからは10年生きられないって言われてたの。でも12年生きて、勉強して、学園の入試に合格したんだ。中学生になったら絶対友達を作ろうって思ってた。友達と一緒に勉強したり、部活動をしたり、恋愛したり、そんな学園生活を夢見てたんだ」

その気持ちはすごくよくわかる。わたしもそんな夢を抱いて、この学園に入学した。

「でも、入学式の前日に死んじゃった……」

幽霊少女はぽとりと言葉を落とすように言って、窓の方に目を向けた。

日が陰り、少し薄暗くなった空の下に、立ち並ぶ鳴星学園の校舎が見える。

「ここからね、学園がよく見えるんだよ。生徒のみんなが授業を受けたり、休み時間に笑ったり、部活でがんばったりしてるところ、ぜーんぶ見えるの。でもね、いくら声をかけても誰も返事してくれない。いくら手をふっても誰にも見えない……わたし、ずっとひとりぼっちだったの」

わたしは胸を押さえた。この子の気持ちを思うと、締めつけられるように胸が痛んだ。

「だから、わたしと友達になってよ」

幽霊少女が手をさし出してきた。細くて、青白くて、透きとおっている手。

わたしもこの子も友達がほしい。願いは同じ。お互いが友達になれば、それで悩みは解決だ。

そうだよ、これはいいことだよ。

でも、生きている人と死んでいる幽霊が友達になれるのかな？——頭の片隅に浮かんだ疑問を抑えつけて、わたしはうなずいた。

「うん。友達になろ」

踏み出して、青白い手に手を重ねに行こうとしたときだった。

北条君が腕をのばしてわたしの前進をさえぎった。

「まったく君はのんきで、浅はかで、どこまでも愚かだ。君の命を狙うものに無防備に近づくな」

「え？」

北条君は青い目で威嚇するように幽霊少女を見据えながら言った。

「グールは何もないところには発生しない。蜂のグールたちはこの時計塔の中で生み出され、誰かの悪意を糧にして育った。ここにいるのはただひとりだ」

わたしはハッとした。

「まさか……」

「悪意に生死は関係ない。蜂のグールはあの幽霊の悪意から生まれた。いわば彼女が、蜂のグールの女王蜂だ」

わたしは幽霊少女に目を戻して、ギクリとした。

「あれ……こっちに来ないの？　握手してくれないの？　友達になってくれるんでしょ？」

風もないのにザワザワ髪をなびかせながら、幽霊少女の目が据わっている。

その刃のような鋭い眼光に、わたしはたじろいだ。

「わたし、友達がほしいのよ……わたしの気持ちを本当にわかってくれる、本物の友達が。死んじゃった苦しみは、死ななきゃわからないでしょ？　あなたも死んでくれなきゃ、友達にはなれないでしょ？」

突風のように吹きつけてくる強い殺意に、身がすくむ。

「わたし、見てたのよ。あなたが朝、校門のところで大勢の部活の人たちに勧誘されて、チラシをもらってるところ……すごくうれしそうに笑ってたわ。うれしそうな人は他にもいたけど、あなたが一番うれしそうだった」

幽霊少女から黒い霧のようなものがわき出て、周りにたちこめる。怒りのような、恨みのような、暗い思念。それがわたしにまとわりついてくる。

「放課後も、部活見学をしながらどの部に入ろうかって迷ってたでしょ？　いいわね、迷えて。選べて。死ぬしかなかったわたしとは大違い。あぁ、うらやましい……あなたがうらやましくて……恨めしい！」

幽霊少女の身体から黒いオーラが噴き出して、それが煙のように上へ昇り、鐘の中にたまる。

悪意が集まって卵となり、そして殻が割れて、悪霊グールがはい出てきた。

ゴワァァアーン……グールの羽ばたきで、鐘が鳴る。

これが学園七不思議のひとつ、『時計塔の時子さん』の真相だった。

虎猫と黒猫がわたしを背にかばって、毛を逆立てた。

「襲いかかってきた理由は、嫉妬にやっかみか。ま、いかにも幽霊っぽいけど」

「リンに手出しはさせねえぞ」

いまにもグールに飛びかかっていきそうな2匹に、わたしは息が止まりそうになる。猫の姿では魔力は使えない。

「虎鉄君、御影君、ダメ！」

2匹に手をのばそうとすると、その手を北条君につかまれて引っぱり戻された。

「魔力が使えない猫2匹に君が加わったところでどうにもならない。君が今ふれるべきは、この僕だろう」

北条君はわたしの掌に掌を重ねて力をこめる。互いのふれ合った手から魔力が交流し、足元に淡いブルーの魔法陣が現れた。

「氷よ」

魔法陣から雪の結晶が舞い、北条君が黒衣の悪魔と化した。すらりとした左手薬指にはブルーシルバーの指輪、その手を頭上にのばした。

「フレイルザザン！」

呪文を唱えると冷気が吹き上がり、飛んできたグールが瞬時に凍りついた。冷気は勢いを止めず上昇し、鐘の中の卵まで凍結させた。そして北条君は狙いを定めるように、その手を幽霊少女に向けた。

「北条君、何を……!?」

「あの幽霊は悪霊になりかけている。完全に悪霊となれば、さらに強力なグールを生み出して君を襲うだろう。禍根は早めに断っておいた方がいい」

「ダメ！」

わたしはとっさにその手にしがみついて、それを止めた。

「なぜ止める？」

「だって……あの子は、まだ悪霊じゃない！」

悪霊になりつつあるかもしれないけど、まだそうじゃない。

幽霊少女が笑い飛ばし、黒髪を逆立てて顔をゆがめた。

「同情？　いいわね、人に同情できる余裕があって。ホントうらやましい……うらやましくて、恨めしい！」

時計の歯車がぶわっと浮き上がり、私めがけて、ものすごい勢いで飛んできた。

「リストリヴァカーレ・エシュラン！」

北条君の手から発せられた氷の結晶が盾となり、飛んできた歯車は氷の盾に弾かれて落ちた。

「無駄だ。この天ヶ瀬リンは悪魔と契約をかわした魔女、僕を含め３人の悪魔によって守られている。たかが幽霊に呪い殺せる存在ではない」

「悪魔……？　あなたたち、悪魔なの？　ねえ、悪魔が守ってくれるの？　なら、わたしを守ってよ！　助けてよ！　契約でも何でもするから……！」

「契約相手は誰でもいいわけじゃない。悪魔にも選ぶ権利がある」

「わたしに選ばれる価値はないって言うの？　どうして？　どうしてその子は守られて、わたしは死ななきゃならなかったの？　どうしてわたしだけ……！」

「その答えを知ったところでなんになる？　どうあがいても結果は変えられない。もうすでに、おまえは死んでいる」

北条君は容赦なく、冷酷な事実を突きつける。

幽霊少女が苦しそうに身をよじり、絶望的な表情になって、涙をぼろぼろと流して泣き崩れた。

「ううぅ……！　学校へ行きたいの……友達がほしいの……わたしも生きたい――！」

「あきらめろ。それが最善だ」

幽霊少女の絶叫が時計塔に響いた。時計塔全体が震えるように振動し、さびついた機械がぎしぎしときしみ、鐘が叫ぶように鳴っている。もうグールの卵はないのに、幽霊少女の心が揺れて鐘が鳴る。

鐘の音は、彼女の嘆きだ。

「きゃあ⁉」

突然、わたしたちの身体が浮き上がった。ポルターガイストに巻きこまれそうになったところを、北条君に腕をつかまれて引き寄せられた。

「つかまれ。ここから脱出する」

わたしはそばに浮いていた黒猫を胸に抱いて、北条君につかまった。虎猫がわしっと北条君の頭にしがみつく。

幽霊少女は髪を逆立てて、身の毛のよだつような声で叫んだ。

「駄目よ！　行かせないわ！　逃がすもんですかぁぁぁ！」

嵐のように渦巻くポルターガイスト、歯車がいくつも浮き上がってわたしたちの行く手を阻む。

背後はレンガの壁。逃げ道がない。

絶体絶命なのに北条君は動じることなく、片腕でわたしを抱き寄せながら、呪文を唱えた。

「フリーズ・フルーザ・フロージアン……」

ふれ合っている部分から魔力が交流し、北条君の魔力が高まって氷の結晶が舞う。

「うあああぁぁあっっ！」

幽霊少女の叫び声を合図に、無数の歯車が一斉にわたしたちに向かって飛んできた。

「リストリヴァカーレ・エシュラン！」

北条君は氷の盾を出した。勢いよく激突してきた歯車にも、氷の盾はびくともしない。

「ディスジェイド！」

北条君は魔法で背後のレンガの壁を破壊した。そして大きく開いた壁の穴からわたしたちを伴って脱出すると、隣の講堂の屋根に着地した。

「アヴェダガーラ！」

つづけて放たれたのは回復魔法。砕けたレンガが音をたてながら、みるみる元に戻っていく。

埋まっていくレンガの隙間から、幽霊少女が鬼のような形相でこっちに向かって手をのばすのが見えた。

「待てええええ！」

その手が宙を舞っていた氷の結晶にふれたとたん、塔の奥へ弾かれて戻される。壁が閉じる瞬間、幽霊少女は悲痛な顔で叫んだ。

「待って……！」

ガコーン！　レンガがすべてはまって壁が修復されて、幽霊少女が見えなくなった。

北条君は地上にひらりと着地してわたしを下ろすと、扉の前に立つ。

最初にわたしたちが通った時計塔の入り口だ。

「クロードメタル！」

バァン！ 見えない力で扉が音をたてて閉じられて、冷気がレンガの壁を凍りつかせながら走り、時計塔全体が魔法の氷で覆われる。さまざまな魔法をたてつづけに使ったのに北条君は疲れた様子もなく、いつものように無感情な声で言った。

「怪我はないか？」

「う、うん……北条君、あの子はどうなったの？」

「封印の魔法で時計塔に封じた。もはや何者もあの幽霊をここから出すことはできない」

魔法で凍りついた時計塔の中から、何かが暴れているような大きな音が聞こえ、悲痛な絶叫と共に鐘が震えるように鳴っている。

それがしばらくつづいて、無駄だとあきらめたのか、やがて音がやんで静かになった。

「あの、北条君……本当にわたしの命を狙ってたの？ あの子はわたしに『逃げて』って……」

「グールから君を守ろうとしたのも事実だろうが、グールを生み出して君を傷つけようとしたことも事実だ。つまり相反するふたつの感情が、あの幽霊の中に存在しているんだ」

「ふたつの感情……？」

「善意と悪意だ。人間の心は複雑怪奇、時によって善意が勝り、時によって悪意が勝る」

わたしを助けてくれようとしたこと。わたしを恨み、襲いかかってきたこと。

正反対な気持ちが、どっちも本当だなんて……それはいったいどういうことなんだろう？

黒猫が鋭い表情で北条君に問いかけた。

「おい零士、あの幽霊、封じるだけでいいのか？　リンのことかなり恨んでたみたいだし、浄化して消した方がいいんじゃないか？」

「消すのはいつでもできる。が、いまは少し様子を見たい。通常、病死した幽霊の悪意だけであのレベルのグールは生まれない。あの幽霊の背後には――いや、この学園には何かがいる」

「どういうことだ？」

「鳴星学園というこの敷地の中で、魔の被害にあう生徒の数が並外れて多く、グールの発生率も高すぎる。まだ僕の憶測にすぎないが……あの幽霊や人間たちの悪意を増幅させ、利用し、手駒にしている者がいる」

黒猫が赤い目を鋭くしてつぶやく。

「そいつが、リンを狙ってるってことか？」

「おそらく。しばらく幽霊は封じておいて、それに対して相手がどう動くか、出方を見たい」

虎猫が金色の目を鋭く光らせて、不敵な笑みを浮かべる。

「おもしれえ。魔女と悪魔にケンカ売ってくるとは、いい度胸してるじゃねえか。学園のどっかに隠れてるそいつを、引きずり出してやろうぜ」

3人がわたしの身の安全を考えて話し合ってくれている……でもそれよりも、わたしはあの幽霊の女の子のことが気になってしょうがなかった。

「なんとかしてあげられないのかな？」

北条君が眉をひそめてわたしを見た。

「なんとか、とは？」

「幽霊のあの子を、助けてあげられないの？」

グールとか黒幕とか気がかりはたくさんあるけど、一番心配なのはあの幽霊少女だった。

あの子はこれから先も時計塔で、わたしや学園のみんなをうらやみ、恨みながらひとりですごすことになる。それって、すごくつらくて苦しいことのような気がする。

なんとかしてあげたい……そう思ったけど、北条君の返答は厳しいものだった。

「君は常にグールに狙われるという危険な状況にある。君がいま考えるべきことは自分の身をいかに守るかということだ。僕たちの助けがなければ命すら危ういのに、他人を助けようなどと思うのは、おこがましい」

ぴしゃりと叩かれるように言われて、わたしは縮こまった。

「君が白魔女となれば、あるいは救う方法が見つかるかもしれないが……誰かを助けたいのなら、まずは自分が力をつけることだ。すべてはそれからだ」

「……はい」

下校時間を告げるチャイムが鳴り、わたしは時計塔に背を向けて3人と歩きだした。

震えるような鐘の余韻が耳に残っている。

後ろ髪を引かれるような思いがして、そっとふり向いた。

夕闇の中で時計塔が立ち尽くしている。学園の中でぽつんととり残されたように、ひとりぼっちで。凍りついた時計を見ていると、締めつけられるような痛みが胸にこみ上げてきた。

(白魔女になったら、何かできるかな)

できたらいいのに。

わたしは何度もふり向きながら、時計塔を後にした。

第2話

バラの刻印

1

今日は朝食にパンケーキを焼いた。モーニングプレートにふんわり焼けたパンケーキと、スクランブルエッグとサラダをのせて、淹れたてのモーニングティーをそえる。

テーブルで待っていた御影君が両手を合わせて言った。

「いただきます」

わたしは向かいの席に座って、ドキドキしながら感想を待つ。

「どう？　おいしい？」

「最高」

御影君の極上の笑顔、いただきました。よかったぁ。

ホッとして自分の食事にかかっていると、向かいの席にいる御影君が顔をじっと見つめてくる。

「え、なぁに？　顔に何かついてる？　どこか変？」

「いや。リンは今日もかわいいなぁと思って」

ボッ！　火がついたみたいに顔が熱くなった。

御影君が爽やかな笑顔でさらに言う。

「照れるリンもかわいい」

「や、やめて～～～！」

わたしは両手で顔を隠してテーブルに突っ伏した。

うぅ……朝からそんなかっこいい顔で、少女漫画に出てくるようなセリフをさらりと言わないでほしい。恋愛経験の乏しいわたしには刺激が強すぎるよ。

そのとき、廊下をダダダダ！　と走る音が近づいてきた。

「リー――――ン！」

その声でラブラブな空気が吹き飛んで、現実に引き戻される。

出勤の身支度を終えたお父さんが、勢いよくリビングに駆けこんできた。

「リン、どうしたぁ～!?」

わたしはテーブル上の御影君用の食器をさりげなく片付けながら、全力で平静を装った。

「え？　なにが？」

「なにって、いま『やめて～～～！』って叫んだだろ？」

「そ、それは……おいしすぎて、やめて～！　って言ってたの。パンケーキ、うまく焼けたから」

……我ながら言い訳が苦しすぎる。

ちらっと御影君の方を見ると、黒猫になって椅子に座り尻尾をそよがせている。わたしとふたりのときは人間の姿で、お父さんが来ると黒猫になる。そうやって御影君はわたしとの同居生活をすごしている。

ふーん、と言いながらお父さんは部屋を見回して、黒猫と目を合わせた。

そのままふたりはじぃーっと互いを見つめつづける。

えっ、なに？　どうして見つめ合ってるの？　まさか黒猫が御影君だってバレた!?　いや、でも、そんなはずないし……！

父親が娘の婚約者と対面するという緊迫した状況に、わたしはひとりオロオロする。

そのときテレビのアナウンサーが7時を告げて、お父さんが我に返った。

「うわっ、まずい！　遅刻遅刻！　リン、戸締まりはしっかりな！　学校、気をつけて行くんだぞ！」

「う、うん、お父さんも気をつけて。いってらっしゃい」

そしてお父さんは急ぎ仕事へと出かけていった。

「はぁぁぁぁぁぁ……」

わたしは止めていた息を一気に吐いた。すごくあせった。御影君と一緒に暮らすようになって、ドキドキとハラハラが多くてホント心臓に悪い。

テーブルに突っ伏してぐったりしていると、黒猫がトコトコと近づいてきて言った。

「リン、俺さ、リンの親父さんにいつでも挨拶するから」

「え？　挨拶？」

「『結婚を前提にお付き合いしています』とか『娘さんをください』っていう挨拶だ。リンだって結婚するなら、ちゃんと親父さんに祝福してもらいたいだろ？」

「え？　そりゃあ、まあ……」

「いきなり娘さんをください！　だと、父親はいい気持ちがしないらしい。付き合っているときからちゃんと挨拶しておけば、印象がいいらしいぞ」

「御影君……そんなこと、誰に聞いたの？」

「結婚情報誌っていうのを本屋で読んで研究した。それにそう書いてあった」

本屋で結婚情報誌を読んで研究する悪魔……いや猫かな？　どっちにしても突っこみどころが満載すぎる。

「俺はいつでもいいからなっ。俺との結婚を決めたらすぐ言えよ！」

黒猫がキリッとした頼もしい顔で言った。

「う、うん……わかった」

わたしとのことを真剣に考えてくれるのはうれしいんだけど……結婚の挨拶は困る。

だってお父さんは、わたしが悪魔の3人と婚約したことをまだ知らない。

常々「娘は嫁にやらん！」と言っているお父さんに、キスされて婚約したなんてとても言えない。

こんな状態でいきなり結婚の挨拶なんてされたら、お父さんは卒倒してしまうかも。いや倒れるくらいですむならまだいい。警察官で、武道の達人と言われているお父さん。怒りのあまり悪魔に戦いを挑むことも充分に考えられる。

それだけはなんとしても避けないと……！

そのとき、テレビからおなじみのテーマ音楽が流れてきた。占星術師のミス＝セレナが元気いっぱいな声を響かせて、ジャラランとアクセサリーを鳴らしてポーズを決める。

「星はキラメキ、恋はトキメキ！　運命の占い師、ミス＝セレナ！　今日もあなたの運勢、ズバンと占っちゃうわよん！　さあ、今日もいつもの調子でいっくわよ〜！　今日のラッキー星座ナンバー1は……天秤座！　ライブラのあなた、おつめでと〜！」

時の狭間に生まれたわたしに守護星座はない。それがわかってからも、セレナさんの星占いは見つづけている。

「そして今日のアンラッキー星座は……水瓶座よん！」

「水瓶座……アクエリアス」

口に出してつぶやいて、自分の頭に水瓶座のマークをインプットする。

いままでグールや魔に襲われた人は、セレナさんがアンラッキーだと言った星座の人だった。

偶然かもしれないけど、グールの被害を防ぐ手がかりをつかめるかもしれないと思って、毎日意識して覚えるようにしている。

「そんな水瓶座の人から、お悩み相談のハガキが来てるの。今日はそれにお答えしまーす。東京都水森区のペンネーム・毎日大凶さん。『最近嫌なことばかりで、毎日がつらいです。どうすればいいですか？』」

嫌なことばかりかぁ……それはつらい。しかも今日のアンラッキー星座だなんて。

「そういうときってあるよね〜。何やってもうまくいかなくて嫌んなっちゃう日。そんなアンラッキーな日をどうすればいいのか？　今日は特別に教えちゃいまーす！」

それ、すっごく知りたい。わたしはテレビに向かって身をのりだした。

「毎日大凶さん、あなたはいま暗闇で迷子になっている状態ね。何も見えなくなってしまって、どうしたらいいのかわからず、ひとりぼっちで立ち止まっている」

テレビの演出か、急に画面が暗くなって、セレナさんの顔がアップになった。セレナさんの表情から笑みが消えて、黒い瞳でまっすぐこちらを見つめてくる。

神秘的な瞳だった。黒い瞳なのにキラキラしている。まるで瞳の中に宇宙があって星が瞬いているみたいだ。

「でも星はなくなっていないのよ。目をこらして、周りをよく見てごらんなさい。暗闇でも星はある。ただ目に見えていないだけで、消えてはいないの。つらいときはその気持ちを声にして叫んでごらんなさい。あなたの声に応える声がきっと返ってくるでしょう。自分で光ることのできない惑星も、他の星から光をもらって輝くことができる。だからあなたも、周りの人たちから光をもらえばいい。それできっとアンラッキーを乗り越えられる。たとえ暗闇でも、そこに星はあるんだから」

照明がついて画面が明るくなり、セレナさんはいつものように明るい笑顔で笑い飛ばした。

「な〜んてね！　ちなみに、わたしはアンラッキーな日はうちに帰ってさっさと寝ちゃうけどね。あははは〜！」

わたしは感嘆の溜息をついて、尊敬のまなざしでセレナさんに見入った。

「セレナさんってすごいなぁ」

御影君が眉をひそめる。

「すごい？　どこが？」

「だっていま、すごくいいこと言ってなかった？　わたし、感動しちゃった」

御影君は興味なさそうに言った。

「言うだけなら、誰でも言えるさ」

でも誰かを励ますようなことが言えるのって、すごいなって思う。

(暗闇でもそこに星はある……か)

心の中でつぶやくと、ふと時計塔にいるあの子のことを思い出した。

毎日がつらい……暗い時計塔の中でうずくまっているあの子も同じ気持ちかもしれない。

（わたしもセレナさんみたいに、何かいいこと言えたらいいのに）

でも恨まれているわたしが何を言っても逆効果な気がして、いくら考えてもいい言葉は見つからなかった。

2

放課後、わたしは御影君と一緒に、今日も掲示板に張られた部活のチラシを見にいった。

料理部、華道部、いろいろ見学してみたけど、まだどの部に入部するか決められずにいる。

「あ、園芸部がある」

わたしは花が描かれたポスターに目をとめた。

「園芸部？　リンは花に興味あるのか？」

「うん。昔ね、うちの庭でお母さんと一緒にハーブを育てていたの。いまでもちょっとだけ庭の隅っこで育ててるんだ」

記憶に残っているのは、ハーブのいい香りとお母さんの笑顔。お母さんはお花畑ができるほどハーブをたくさん育てていた。わたしは簡単に育てられるものを少しだけ、それでハーブティーを淹れたり、バジルやローズマリーを料理に使ったりしている。

「ハーブの他にも、いろんな花や植物を育ててみたいなぁって思ってて。園芸部に入れば、育て方を教えてもらえるかも——」

視線を感じてふと横を見ると、いつの間にか北条君がいて、じっとわたしの顔を見ている。

「ご、ごめんなさい」

思わず頭を下げると、北条君は眉をひそめた。

「なぜ謝る？」

「あ、あの、怒られるかと思って……園芸なんてやっている暇はあるのかって……」

虎鉄君が笑いながらやってきて、北条君の肩に肘をのせた。

「零士はリンに説教ばっかしてっから、怒られると思って身構えちまうんだよ」

北条君は不服そうに虎鉄君の腕をはらう。

「僕は事実を述べているだけだ。それに、園芸をしたいという君の志望動機について、批判するつもりはない。魔女らしい趣味嗜好だと思っただけだ」

「魔女らしい……？」

「魔女は総じて、何かを作ったり生育したりすることを好む傾向がある。料理、裁縫、園芸などを好む魔女は多い」

　へえ、そうなんだ。

　料理も裁縫も園芸も、時間と手間がかかる地道な作業だ。そういうことは、魔女なら魔法で手早く片付けちゃうイメージがあったから、ちょっと意外だった。

「園芸部の見学に行くのなら、付き合おう」

　ありがとう、と北条君にお礼を言おうとすると、それを御影君の怒鳴り声がさえぎった。

「リンの付き添いは俺だ！　俺ひとりで充分だ！」

「またグールが現れる可能性がある。護衛は多い方がいいだろう」

　御影君と北条君がにらみ合っている間に、虎鉄君がひょいっとわたしの横に来て肩に手をやる。

「リン、行こーぜ」

「こら、虎鉄！　待ちやがれ！」

　なにはともあれ、わたしは３人と一緒に、園芸部の見学へ行くことになった。

　鳴星学園は敷地のあちこちに草花や木々がたくさんあって緑豊かだ。植物園のような広い花壇もあり、そこが園芸部の活動拠点らしい。３人と一緒に花壇を訪れると、ジャージ姿で軍手をはめた園芸部の部長さんが、喜色満面で出迎えてくれた。

「きゃ〜、うれしいわ！　一度に４人も入部してくれるなんて！　ありがとう〜！」

軍手を外した手で力強く握手して、ぶんぶん上下させる。

「あ、いえ、すみません。まだ入部を決めたわけではなくて……ひとまず見学だけ……」

「え、見学？　やだ、ごめんなさい！　わたしったら、早とちりしちゃって……うちの部、なかなか新入部員が集まらないからつい。でも園芸に興味をもってくれてうれしいわ。見学に来てくれて、どうもありがとう」

部長さんはにっこり微笑んだ。すごく感じのいい人だ。

「どんな植物を育ててるんですか？」

「いろいろよ。学園の花壇もいくつか任されているけど、うちの部の自慢はなんといってもバラよ。去年はバラの品評会で、念願の最優秀賞を受賞したのよ」

そう言って、そのバラの写真を見せてくれた。大きく立派な赤いバラだ。

「わあ、きれい……！」

「でしょう？　でも残念ながら、いまはまだ咲いてなくて。バラが本格的に咲くのは来月なの。ほら、あそこが代々園芸部で育てている、バラ園よ」

花壇の奥に、緑が生い茂ったバラ園が見えた。入り口のアーチには棘のあるバラの茨が巻きついている。

「あの、バラ園を見せてもらってもいいですか？」

「もちろん！　自由に見てちょうだい。わたしはあっちの花壇で作業してるから、もし質問とか、聞きたいことがあったら遠慮なく声をかけてね。ごゆっくりどうぞ」

部長さんは笑顔で作業に戻っていった。

わたしは小走りでバラ園に向かった。茨のアーチをくぐると、そこには想像したよりも広いバラ園があって、たくさんのバラの木が植えられている。園芸部の部長さんが自慢するだけあって、すごく立派なバラ園だ。

「すごぉい、バラの木でいっぱいだね。種類もいっぱいだよ」

所狭しと植えられているさまざまなバラの木には、かわいいつぼみがたくさんついている。

「咲いたらキレイだろうねぇ……どんな色のバラかなぁ？」

すると虎鉄君が教えてくれた。

「バラなら、零士がくわしいぜ」

「へえ」

さすが北条君。バラにもくわしいなんて、ホントに物知りだ。

さっそく教えてもらおうと思ってふり向くと、北条君は見当たらなかった。

「あれ？　北条君は？」

「あっちにいるぜ」

虎鉄君はバラ園の外を指さした。そこには、バラ園の入り口手前で、まるで凍りついてしまったように立ち尽くしている北条君がいる。

なんだか心配になって、わたしは通路を戻って声をかけた。

「北条君？　どうかしたの？」

「いや……」

北条君は顔をそらし、口ごもった。それはこれまでに見たことのない姿だった。

(どうしたんだろう？)

疑問に思っていると、虎鉄が思いがけないことを暴露した。

「零士、おまえ、前の結婚相手を思い出してたんだろ？」

わたしは目をぱちくりした。

「え？　前の……？」

北条君は抗議するような目で虎鉄君をにらんだ。

「虎鉄」

「なんだよ？　余計なことを言うなってか？　でもリンと本気で結婚するつもりなら、いずれは話さなきゃならないことだろ。なんで言わないんだ？」

北条君が背を向けて、答えることを拒絶した。

状況がよくわからなくて、わたしはおずおずと虎鉄君に聞いた。

「あの……どういう、こと？」

「むかーし昔、あるところにそれはそれは美しく、優れた魔力をもった有能な魔女がおりました。彼女はその美しさゆえに『バラの魔女』と呼ばれ、男にも悪魔にもモテモテでした。並みいるライバルたちを蹴散らしたのはご存じ、零士クン。零士クンが求婚すると、バラの魔女は喜んでオッケーし、ふたりはめでたく結婚しましたとさ。──ってこと」

御影君が顔をこわばらせ、刺のある声で問いかけた。

「零士が他の魔女と契約してた……だと？」

「ああ。まあ、ずいぶん前に契約解除しちまったけどな。要するに、零士はバツイチってことだ」

衝撃的すぎる事実に、わたしはびっくりしてあぜんとするばかり。

そのことを御影君も知らなかったみたいで、北条君に詰め寄った。

「零士、本当か？　おまえ、本当に結婚してたのか？」

北条君は冷めた声で答えた。

「ああ」

「なんで言わなかったんだ？」

「すでに契約は解除済みだ。特に言う必要はないだろう」

「そういうことじゃないだろ！　俺にはともかく、そんな大事なことを話さずにリンと婚約するなんて、おかしいだろ！　誠意がないんじゃねぇか!?」

「——そうだな」

北条君はなんの反論もせず、淡々とした声でわたしに言った。

「虎鉄が語った話はすべて事実だ。僕はかつて、他の魔女と結婚の契約を結んでいた。僕との婚約を解消したいなら、いつでもそう言ってくれ」

そして冷たく背を向けて、その場から去っていった。

3

今夜、お父さんは夜勤なので帰ってこない。以前だったら、こんなひとりぼっちになる夜は不安と淋しさでいっぱいになるところだけど、もういまはそんなことはない。

わたしの横には、お父さんのエプロンをした御影君がいて、食器洗いの手伝いをしてくれている。

「俺、料理部に入ることにした」

お皿を洗いながら、ふいに御影君が言った。

「料理部……？」

「リンと料理部に見学に行ったとき、男子も入れるって言ってたし。俺が料理をできるようになれば、リンが助かるだろ？　料理に使ってる時間で、リンのやりたいことができる。俺もごちそう作って、リンを喜ばせたいし」

「御影君……」

温かい気持ちが胸に広がった。わたしの幸せを願って、力になってくれる人がそばにいる……こんな幸せない。

食器洗いが終わり、紅茶を淹れようとティーポットを用意していると、御影君がわたしの手からそれをとった。

「紅茶、俺が淹れてやるよ」

「え？　御影君が？」

「リンが毎日やってるのを見て覚えたんだ。リンは部屋でゆっくりしてな」

うわぁ……！　御影君に紅茶を淹れてもらえるなんて。

「ありがとう、うれしい！　じゃあ、部屋で楽しみに待ってるね」

「ああ」

わたしは2階の自分の部屋へ行き、何をしようか考えた。

（そうだ、魔法の呪文を覚えよう）

せっかく時間をもらったんだから、有効に使わないとね。

さっそく単語帳を開いて机に向かった。単語帳を見ていたら、それを書いてくれた北条君の顔が思い浮かんだ。

（北条君……結婚してたんだ）

結婚ってたぶん、温かくて幸せなもの。御影君と一緒にいると、いつも誰かがそばにいてくれる幸せを感じるし、安心感に満たされる。

(北条君は、そうじゃなかったのかな……？)

あの北条君が、いいかげんな気持ちで結婚するわけがない。いろんなことをちゃんと考えて、相手の人と結婚したんだと思う。なのに、どうして別れちゃったのかな？

北条君は「僕との婚約を解消したいなら、いつでもそう言ってくれ」なんて言ってたけど……北条君にとって、結婚も婚約もすぐに解消できてしまうものなのかな？

でも、そう言ったときの北条君……青い目が一瞬、悲しそうに揺れたように見えた。

(何があったんだろう？)

じっと考えこんでいたときだった。

「——ん、リン！」

強い声で呼ばれて、ハッと我に返った。

御影君がティーポットとティーカップをわたしの机に置いて言った。

「紅茶、できた」

「あ、ありがとう」

「なあ——いま、何を考えてた？」

「え？」

内心、ぎくりとした。

「魔法の呪文をね、覚えようと思って……」

「違う。単語帳を開いたまま止まってた。呪文を覚えてたんじゃない。何か他のことを考えてただろ？」

問いつめてくる声に鋭い刺を感じて、わたしは身を縮める。

「零士のことか？」

図星をつかれて、肩がビクッと動いた。

「――くそっ！」

御影君はエプロンをはずして床にたたきつけた。

「あ、あの……ごめんなさい、わたし……！」

御影君は乱暴に窓を開け放ち、そして黒猫の姿になって、ひらりと外へ駆け出ていった。

「御影君！」

呼びかけても返事もせず、ふり向きもせず、黒猫は夜の闇に消えていってしまった。

わたしは玄関から外へ駆け出て、しばらく家の周りを捜したけど、見つけることはできなかった。

夜目のきかないわたしに、闇夜に消えた黒猫を捜すのは難しい。

あきらめて部屋に戻ると、机の上に御影君が淹れてくれた紅茶がぽつんと置かれていた。茶葉の蒸らし時間を計る砂時計の砂はとっくに落ちきっていて、ティーポットの中には広がった茶葉が浮かんで紅茶は濃く濁っている。わたしはそれをカップにそそいで飲んでみた。

初めて淹れてもらった紅茶は、舌がしびれるほどに苦かった。

4

お父さんがいない朝は、御影君と一緒にゆっくり朝ごはんを食べられる。朝食はごはんとお味噌汁、御影君の好物の鮭をバターソテーにしてサラダと目玉焼きをそえた。

でも朝食を作り終わっても、御影君は現れない。結局、一晩中御影君は帰ってこなかった。

一緒にごはんを食べて、一緒に登校する――それが日常になっていたから、朝になればきっと戻ってきてくれる。そう思ったけど……わたしの考えが甘かったみたいだ。

わたしは自分の席に座り、テーブルに並べたふたり分の朝ごはんを見て溜息をついた。

(約束してたわけじゃないもんね……)

一緒にごはんを食べることも、一緒に登校することも。

それはずっとつづくことではなく、こんなにもあっけなく終わってしまうことだったんだ。

わたしは御影君をすごく怒らせて、そして……傷つけてしまった。

（やっぱり、嫌われちゃったのかな……）

気持ちがどんどん沈んでいきそうになった、そのときだった。

「おはよう」

ふいにボソリと聞こえた声にハッと顔を上げると、目の前に制服姿の御影君がいた。

わたしはぽかんとしながら挨拶を返した。

「お、おはよう……」

御影君は少し気まずそうに目をそらしながら、いつものようにわたしの前の席に座る。

そして手を合わせて言った。

「いただきます」

「い、いただきます」

御影君が朝食を食べはじめたので、つられて、わたしも食べはじめた。

お互い無言で、黙々と朝食を食べる。

ほぼ同時に食べ終わり、わたしたちは一緒に手を合わせて言った。

「「ごちそうさまでした」」

そう言った直後、御影君はわたしに頭を下げて言った。

「ごめん！」

わたしがきょとんとしていると、御影君は謝罪をくり返した。

「リン、ごめん……俺が悪かった。ホントにごめん……！」

わたしは首を横にふった。

「ううん、御影君は悪くないよ。悪いのはわたしだよ」

「いや、俺が悪い。全部、俺が悪い。リンが零士のこと心配するのは、しょうがないんだ。そうやって人を心配するのが、リンなんだから。傷ついてる奴を見ると放っておけない……そういうリンが、俺は好きなんだから」

「御影君……」

「零士のことが気になるんなら、直接本人に聞きにいこう。結婚してた相手のこととか、なんで別れたのかとか、リンが気になることを、全部聞こう。それで、リンがどうしたいか考えればいい。俺も一緒に考えるから」

わたしは全身から力が抜ける思いがして、テーブルに突っ伏した。

「リ、リン？　どうした……？」

「もう御影君に嫌われたかと思った……」

すると御影君が席を立ち、わたしのそばに膝をつくと、わたしの両手をとった。

「それはありえない。俺がリンを嫌うことなんてない。何があっても、絶対にないから」

「ありがとう、御影君……うれしい」

わたしは御影君の手をきゅっと握った。御影君とまた一緒に日常を送ることができる。それが本当にうれしくて、うれしすぎて笑みがこぼれる。

すると御影君が頬をほんのり赤らめて、口ごもるようにつぶやいた。

「……反則だ」

「え？」

「リンの笑顔は、かわいすぎて反則だ」

次の瞬間、わたしは御影君の両腕で抱きしめられた。ぎゅっと強く、深く、御影君の中に抱きこまれる。わたしは真っ赤になってあたふたした。

「あ、あの……！」

「じっとしてて。ちょっとだけ……リンを抱きしめたいんだ」

ちょ、ちょっとだけなら……わたしはカチンコチンに硬直しながらじっとした。ドキドキドキドキ……鼓動が高鳴って、体温が急上昇する。

さらに御影君はわたしの頰に口づけしてきた。それも唇のすぐ近くに。

「えっ……み、御影君⁉」

魔女と悪魔の結婚は契約で結ばれる。唇への接吻で結婚、他の部分への接吻で婚約となる。いずれ誰かを選んで結婚しなきゃならないって言われているけど、まだ心の準備がぜんぜんできていない。わたしはあわてて御影君から離れようとした。

「だめぇ……！」

「わかってる。唇へのキスは、リンがちゃんと俺と結婚すると決めてからだ。それまでは待つ」

そ、そっか……ちゃんと待ってくれるんだ。よかった。

でも御影君の抱きしめる腕の力は強くなり、さらにわたしの髪に頰を寄せてきた。猫がすりすりしてくるみたいに、顔や身体をすり寄せてくる。

猫ならいいよ。で、でも御影君の姿でこれはちょっと……！

そのとき、玄関のドアが開く音がして太い声が響いた。

「リーン、ただいま～！」

ぎくっ！　口から心臓が飛び出そうになった。

「み、御影君、お父さんが帰ってきたよ！　早く猫に……！」

でも御影君は離れようともせず、猫になろうともせず、すりすりをやめない。

そうしている間にも廊下を歩くお父さんの足音がどんどん近づいてくる。

わたしはジタバタしながら必死にうったえた。

「ダメだよ、まずいよ、こんなとこお父さんに見られちゃったら……！」

御影君は逃げようとするわたしをがっしりつかまえてささやいた。

「いいよ、見られても」

わたしは悲鳴混じりに叫んだ。

「よくないってば――――っっ!!」

ドカーン！　私の両手から魔力が噴き出して、御影君を吹っ飛ばしてしまった。

瞬間、ドアが開いて、お父さんが部屋に駆けこんできた。

「どうした、リン!?　大声出して。何がよくないんだ!?」

「え？　えっと……今日はよくないんだ、髪型が。髪型がどうも決まらないなぁって……お父さん

こそ、どうしたの？　いつもより帰りが早くない？」

「いやぁ、どうも胸騒ぎがしてな。急いで帰ってきたんだ。ん？　リン、顔が真っ赤だぞ。熱でもあるんじゃないか？」

「え？　あ、うん、大丈夫！　今日はなんか暑いね。あははは……」

わたしは火照っている顔を手であおぎながら、笑ってごまかした。

衝撃を受けて黒猫になった御影君は、ふてくされたように部屋の隅っこで背を向けている。

ご、ごめん……御影君。でもお父さんの登場に、わたしはちょっとホッとした。

5

いつもより少し早めに登校して、昇降口で北条君の靴箱をのぞいた。靴はない。

「北条君、まだ来てないみたいだね……」

学校がはじまる前に、少しでも話ができたらと思ったんだけど。

御影君が壁を指さした。

「いや、来てるぞ。あっちだ」

「え？　わかるの？」

「零士の気配を感じる。たぶん、昨日のバラ園だ」

その足でバラ園へ行ってみると、御影君の言うとおり北条君がいた。茨のアーチの手前に立って
バラ園を見つめている。

「じゃ、行くか」

「あ、あの、御影君……北条君とふたりで話していい？」

御影君はぴくりとこめかみを引きつらせた。

「零士とふたりで……だと？」

御影君や虎鉄君が一緒だと、きっといつもの言い合いになってしまう。そうなると聞きたいこと
がちゃんと聞けない。

「ダメかな……？」

「う……ダメ……い、いや、ダメじゃない。ダメじゃないぞ。俺はリンを応援するんだ！　良き夫
となるために、応援すると決めたんだ！」

御影君は頭を抱えながら自分に言い聞かせるようにぶつぶつ言う。

そして深呼吸をして、ちょっと引きつりながらも笑顔で言ってくれた。

「リン、零士んとこ行って、話してこいっ。俺はこれから料理部に入部届出してくるから」

「うん。ありがとう、御影君」

「じゃあ、教室でな」

御影君が校舎の方へ去っていくのを見送って、わたしはバラ園の方を見た。

北条君が茨のアーチをくぐっていく姿が一瞬見えて、その姿はバラ園の中へ吸いこまれるように消えていった。わたしは小走りで後を追い、茨のアーチをくぐる。北条君はそれほど奥へは入っておらず、入り口近くで追いついた。

「北条君」

北条君がハッとふり向いた。顔色は真っ青で、すごく気分が悪そうだ。

「あの……大丈夫？」

質問には答えずに、北条君はわたしに手をさしのべてきた。

「手を」

逆らいがたいものを感じて、わたしはおずおずと手を出す。

すると北条君は手をつかんで歩きだした。バラ園の奥へ、奥へと。

「あ、あの……！」

身を隠せるほどの背の高いバラの茂みのあたりで、北条君はピタリと足を止めた。

「氷よ」

足元に青の魔法陣が現れて、北条君が黒衣の悪魔と化す。左手の小指に青い石の指輪がはまり、北条君はその指輪をわたしの方へさし出してきた。

「この指輪を砕くんだ」

「え？」

「この指輪が君と僕との婚約の印だ。これを君の手で壊せば、僕との婚約が解消となる」

北条君が言おうとしていることがわかって、わたしはあわてて言った。

「ま、待って。わたしは、婚約を解消しに来たんじゃないよ」

「では、何をしに？」

「北条君と話しに……北条君のこと、ちゃんと知りたいと思って」

「知ってなんになる？」

冷たい言葉に打たれて、気持ちがくじけそうになる。

北条君はわたしに何も話す気はないみたいだ。

「君は、いますぐ僕との婚約を解消すべきだ。それが君にとって、最善の――」

そのとき、ふいに北条君の声が途切れた。青い瞳で鋭くあたりを見やる。

わたしもつられて周りを見て、目を見はった。

「え!?」

バラ園に、バラの花が咲いていた。固いつぼみが次々と開き、赤、ピンク、黄色、オレンジ、色とりどりのバラの花となっていく。

バラが咲くのは来月だって部長さんは言ってたのに。いや、これは咲く時期の問題じゃない。目に見えるほどのスピードでバラが咲くなんておかしい。

そのとき、どこからか歌声が聞こえてきた。

――咲いた～、咲いた～、バラの花が咲いたよ～。

――並んだ～、並んだ～、赤、白、黄色～。

童謡の『チューリップ』のメロディで、まるでバラが咲いたことをお祝いするみたいに、陽気に歌っている。声は幼く、幼稚園の子供たちが大勢で歌っているような感じだ。でもここは学園の中等部、子供がいるはずがない。

「これは……!?」

「グールだ。バラの形態をしたグール」

わたしはバラの花を見て、ぎょっとした。咲いたバラが花びらでできた口をぱくぱくさせて、葉を揺らしながら笑い、歌っている。

歌っているのは、バラだった。

わたしの胸元でスタージュエルがチカチカ光って警告を発した。

――咲いた～、咲いた～、いっぱいバラが咲いたよー！

バラが咲くごとに歌声はどんどん大きくなり、あたりに響く。高らかに、禍々しく。

そして歌が終わった瞬間、地面から大きなバラの茨が突き出し、わたしたちに襲いかかってきた。

北条君はわたしを引き寄せ、茨に向けて手をかざした。

「リストリヴァカーレ・エシュラン！」

北条君の魔法で氷壁が現れて、茨を防ぐ。氷壁は広がり、わたしと北条君の周りにドーム状の氷のバリアができた。北条君は息をつき、わたしに言った。

「大丈夫か？」

「う、うん」

そのとき、身の毛のよだつような声が響いた。

「大丈夫じゃないでしょぉおぉ！」

笑うバラの群の中に、人影が見えた。

「ぜんぜん大丈夫じゃないでしょぉ？　だって、あなたたちここから出られないんだから！」

それは園芸部の部長さんだった。スタージュエルの光が部長さんを照らし、守護星座の水瓶座のマークを浮かび上がらせる。水瓶座アクエリアス、アンラッキー星座だ。

「ぶ、部長さん……？」

「痛い目にあいたくなかったら、園芸部に入りなさぁぁぁ～い！」

部長さんはうつろな目をして、糸で吊られた操り人形みたいにゆらゆら動いている。その足元の影からのびた根が、バラのグールたちへとつながっているみたいだ。

「部長さんがどうして……すごく感じのいい人だったのに」

「『新入部員がほしい』という望みを悪用されたんだ」

「悪用……？」

「この学園には悪意を増大させている者が存在している。その者が彼女の願望に悪意の種を植えつけ、芽吹かせて、グールを生み出したんだ」

それが誰だか知らないけど、会ったことも話したこともない人を悪く思うのは良くないけど、人の願望にわざわざ悪意を植えつけるなんてひどすぎる。

バラたちがケタケタと笑い、そして影からわき出てきた黒い霧が部長さんの水瓶座のマークを飲みこんで消した。

守護星座の加護を失って、部長さんの身体からがくっと力が抜ける。でも倒れることもできず、空中ではりつけにされたみたいになって小刻みに震えている。バラのグールに、部長さんの魂が喰われているんだ。

部長さんの顔色は真っ青で、それがどんどん悪化していく。

「部長さん！　部長さんを助けないと！」

わたしが叫ぶと、バラたちが揺れながらくすくすと笑った。

――**助ける？　助けられるかな？**

何本もの茨が氷壁を叩き、刺を突き刺し、締めつけてくる。氷壁がきしみ、氷の破片がポロポロと落ちてきた。バラが声をそろえて叫ぶ。

――**無理無理～！**

――**無駄無駄～！**

氷壁の一部を壊して突き抜けてきた茨が、わたしに襲いかかってきた。

「リストリヴァカーレ・エシュラン！」

北条君がもう一度氷壁を出して防ごうとする。でも茨はその氷壁を破壊して、突進してきた。

とっさに北条君がわたしを抱えてかわそうとしたけど、かわしきれず、肩に茨の直撃を受けた。

「ぐっ！」

「北条君！」

北条君が地面に膝をついた。制服の首から肩にかけての部分が破れて、その顔が苦痛にゆがむ。

攻撃を受けながらももう一度氷の魔法を放ち、侵入してきた茨を凍らせ、氷壁の穴をふさいだ。

北条君は乱れた呼吸を整えながら、自分の掌を見つめてつぶやいた。

「魔力が……弱まっている」

「えっ、どうして？」

「――バラが、あるからだ」

あたりには無数のバラが咲き乱れ、むせるほどのバラの香りがたちこめている。さらにバラグールの茨が周囲で動いていて、わたしと北条君を狙っている。

わたしは背筋が凍りつくのを感じながら、北条君に問いかけた。

「北条君、怪我は……」

制服の破れたところから北条君の首元が見えて、ハッとした。

そこには、鋭い棘のある茨と美しい紫色のバラが刻まれていた。

「北条君……この紫のバラは、何？」

北条君はハッとし、首を手で覆い隠した。

「なんでもない」

「なんでもなくないでしょう？　それは痣？　どうして紫のバラが――」

「君には関係ない」

断ち切るような強い口調でさえぎられて、首にふれようとしたわたしの手は打ちはらわれた。

打たれて少ししびれた手を握りながら、わたしはつぶやいた。

「関係……ないの？　いままで北条君に何度も助けてもらったのに？　魔女修行もみてもらってるのに？」

なのに、わたしは北条君の話を聞くこともできず、怪我の心配もさせてもらえないなんて。

それが無性に悲しくて、声が震えた。

「関係なくないよ……関係ないなんて、言わないで」

氷のドームの外から、何本もの茨がたたきつけてくる。そのたびに氷壁はギシギシと音をたてているけど、なんとかもちこたえている。

北条君はそれを確認して、静かにわたしに言った。

「過ぎたことを話したところで何も変わらない。まして、君にとっては不快な話だ」

「何も知らない方が嫌だよ……」

北条君はしばし考えこみ、やがて黒衣の首元のホックをはずした。

あらわになった北条君の首元を見て、わたしは息を飲んだ。

「……⁉」

紫のバラからのびている紫の茨が、北条君の首に巻きついている。

まるで首輪のように。

北条君はいつもと変わらない冷静な声で語りはじめた。

「これは昔かけられた黒魔法の跡だ。僕の魔力を縛り、行動をコントロールする――一種の呪いだ」

「呪い？　誰がこんなひどいことを……！」

「この魔法をかけたのは、バラの魔女。かつて僕が結婚の契約を結んでいた相手だ」

わたしは驚きのあまり、息をすることも忘れて硬直した。

「彼女は、美しく才気あふれる魔女だった。バラを育てることが好きで、聡明で心優しく、白魔女になれる将来性も充分にあった。僕は彼女に惹かれ、結婚の誓いをして――僕らは結ばれた」

北条君がこんなふうに誰かを褒めるなんて驚きだ。バラの魔女がどんなに魅力的な人だったか、十二分に伝わってくる。

「だが契約後、彼女は徐々に変わっていった。強大な自分の力に酔いしれ、従わないものを魔法で排除し、その力で人を傷つけることをいとわなくなった。僕はそれを止めようとしたが、逆になぜ止めるのか、自分を愛していないのかとなじられた」

「そんな……北条君は、彼女のためを思って止めようとしたんでしょう？」

「ああ。だがそれがわからないほどすでに彼女は正気を失っていた。彼女は僕が二度と逆らわないよう、黒魔法でこのバラの刻印を刻んだ。永遠の愛の証として」

「愛の証……？」

その理屈が、わたしにはまったく理解できなかった。

「それって、愛……なの？　北条君が逆らえないように魔法をかけるのが？」

「彼女にとってはそうだったのだろう。どんな形の愛であれ、それに応えれば思い直してくれると思ったが……結局、彼女が変わることはなかった」

北条君はうつろな目で天を仰いだ。

「僕は、僕の生涯を捧げるにふさわしい伴侶と思い彼女と契約したが、彼女にとって、しょせん悪魔はしもべでしかなかったのだろう。僕の見る目がなかっただけだ。彼女がそういう魔女だと見抜けなかった僕が、愚かだった」

わたしはこらえきれなくなってわっと泣いた。

北条君が目を見開き、戸惑いをあらわに問いかけてきた。

「なぜ君が泣く……？」

「だってぇ……」

涙がとめどなくあふれ、肩が震えてしゃくりあげてしまい、言葉が継げなかった。

会って間もないわたしに、北条君は厳しいながらもすごく良くしてくれた。相手が愛した人ならなおさら、もっともっと尽くしたんだろうと思う。でもその想いが報われることはなかった。

北条君の痛みと悲しみを思うと、涙が止まらない。

「いったいなぜだ？　君が泣く理由がわからない」

「北条君が泣かないからだよぉ……」

「……それは、僕の代わりに君が泣いているということか？　ますます理解できない」

困惑したように言いながら、北条君はわたしの背にそっと手を当てる。

そして泣き震えるわたしをいたわるように、優しく背をさすってくれた。

「君が泣くことはない。もう終わったことだ。僕は彼女との契約を解除し、今は解放されている」

「彼女は納得してくれたの……？」

「いや、僕の方から契約解除の申し入れをしたが、最後まで彼女の合意は得られなかった。魔女の合意がなければ解除はできない。僕は生涯、彼女に捕らわれることを覚悟した……だが、ある日、僕らの前にひとりの白魔女が現れた。その白魔女は圧倒的な魔力と魔法で、バラの魔女をはねのけ、僕を縛っていた呪いを解いた」

そう言って、北条君は首の後ろに刻まれている茨を指さした。

見ると、茨はそこで断ち切られていた。

「呪われた結婚から僕を解放してくれた白魔女は、天ヶ瀬カルラ——君の母親だ」

「お母さんが……？」

「僕は天ヶ瀬カルラに大きな借りがある。そのカルラに、一人娘の君を守ってほしいと頼まれた。だから、君と婚約した」

北条君は胸につかえていたものを吐き出すように深く息をついた。

「僕は魔女との結婚に幻滅している。もう二度と、誰とも結婚する気はない……それなのに君と婚約した。御影の言うとおりだ。僕は君に対して誠意のかけらもない。だから――君は僕のために何かをしようなんて、思わなくていい」

周りでバラたちがけたたましく笑い、茨がドームをたたいて轟音が響く。氷のドームに大きなヒビが入ってそれが広がりだした。もう、もちこたえられそうにない。

北条君はよろけながら立ち上がった。

「氷壁を破られたら、残る魔力でなんとか茨を食い止め、突破口を開く。その間に君は脱出しろ」

「北条君はどうするの？」

北条君は一瞬わたしを見て、目をそらすように茨のグールを見やった。

「僕はカルラとの約束を果たしたいだけだ。君が生きのびれば、それでいい。行け」

グールの方へ向かっていこうとするその背に、わたしは抱きついた。

「北条君も一緒じゃなきゃ行かない！」

わたしと力を交流させている今でさえ、まともに魔力が使えないのに。

……まだ終わっていないんだ。呪いは解けているのに、北条君の心の傷はまだ癒えていない。バラを見ると魔力を使えなくなってしまうほどに、つらい過去からぬけ出せずに苦しみつづけている。

そんな北条君を置いて、わたしだけ逃げるなんてできない。

氷壁が音をたてて崩れ、茨が突進してきた。わたしは北条君の前に出て両手を広げた。

（もう、北条君を傷つけないで！）

祈りながら、痛みを覚悟した。

6

突然、視界に赤と金の光が飛びこんできた。襲いかかってきたグールの茨が炎で焼かれ、あるいは風に切り裂かれて消滅する。茨の囲いを突き破って、ふたりの悪魔が現れた。

「リン、無事だな？」

「グッモーニン」

「御影君！　虎鉄君！」

わたしはふたりに向かって両手をのばした。

「グールをお願い！」

わたしはそばに来てくれたふたりの手に手を重ねた。右手で御影君、左手で虎鉄君に。ふれた瞬間、胸元でスタージュエルが光を放つ。灼熱の赤に、そして輝く金に。

「炎よ！」

「風よ！」

地面に炎と光の魔法陣が現れて、御影君と虎鉄君が同時に黒衣の悪魔となった。

襲いくる茨を炎で焼きはらいながら、御影君が北条君に言った。

「フン……情けない面しやがって。グールを食い止めといてやるから、早くその面なんとかしろ」

「……おまえは、僕が目障りじゃないのか？」

「目障りに決まってんだろ。リンと結婚するのは俺だし、おまえにリンを渡す気はない。けど――

白魔女になりたいというリンの望みを叶えるには、魔法を教えられるおまえがいなきゃ困るんだよ。

だから、こんなところで、こんなグールにやられてんじゃねえ」

虎鉄君が苦笑した。

「詰めの甘い子猫ちゃんだな。ライバル励ましてどうすんだよ？」

「うっせえよ。おまえも似たようなもんだろうが！」

そう言い放って、御影君はグールに向かっていく。

「ははっ、そうだな」

そう言うと虎鉄君は笑みを消し、金色の目を細めて北条君を見下ろした。

「零士、おまえが婚約を破棄しようが、グールにやられようが、自由だ。だけどよぉ、むちゃくちゃ腹立つんだわ。悪魔をペットみたいに飼い殺しにし、虐待した黒魔女に。そんな女にいつまでも屈してるおまえに」

背後から襲いかかってきた茨を風で切り裂いて、虎鉄君は北条君に言った。

「この程度のグール、おまえの敵じゃねーだろ。さっさと片付けろ」

「できたらとっくにやっている。いまは魔力が――」

「使えねーわけねーだろ。おまえの魔力はそんなレベルじゃない。おまえは魔法学院のトップをとったうえに、この俺が唯一負けを認めた悪魔なんだからよ」

虎鉄君と北条君が鋭い目で互いを見つめ合う。

「おまえが負けるってことはだ、おまえに負けた俺も負けるってことじゃねーか。それが我慢ならねえ」

虎鉄君は吐き捨て、背中をたたくように言った。

「いつまでも昔のことにうじうじしてんじゃねえぞ。だいたいなぁ、悪魔なら悪魔らしく、ムカつく奴はぶっとばしてやりゃーいいんだよ。おまえを痛めつけた黒魔女、今度会ったら思いっきりぶん殴って、ギッタギタにのしてやれ」

北条君が青い目を細めて不快げに言い返した。

「僕はおまえのように野蛮ではない」

「同じ悪魔だろ？」

「一緒にするな。僕の品位が下がる」

「ふっ、いつもの調子が戻ってきたじゃねーか」

虎鉄君は小気味よさそうに笑った。

「一緒にされたくなけりゃあ見せてみろよ。品位ある悪魔の戦いってやつをよ」

そう言い残して、虎鉄君もグールに向かっていった。

なんだか胸が熱くなってきた。いつもはケンカしてばかりだけど、ふたりなりに北条君を応援しているんだ。

「いい友達だね」

北条君は眉間に皺を寄せた。

「悪魔に友達などという概念はない。君と婚約するためにやってきたらあのふたりもいた。それだけだ」

「北条君がわたしと婚約したのは、お母さんに頼まれたから……それだけ？」

わたしの問いかけに、北条君の肩がぴくりと動いた。

「前に、虎鉄君が言ってたよ。お母さんにすすめられたから婚約したんじゃないって。北条君もそうなんじゃない？　お母さんへの借りを返すだけじゃなくて、他にも理由があるんじゃない？」

「理由……？」

「わたし、思うんだ。北条君はあきらめてないんじゃないかって。バラの魔女とはうまくいかなかったけどもう一度チャレンジしたいんじゃないかって……だからバラが苦手なのに、自分からバラ園に入って、苦手なことを克服しようとしたんじゃないの？」

ふつう失敗したら、自分には無理なんだってあきらめる。

でも弓道場での北条君は違った。矢が的に当たってもそれで満足せず、より中心に当てるためにもう一度チャレンジしていた。きっとそんな北条君だから、学園の入試でもトップの成績をとれて、膨大な魔法の呪文を覚えて使いこなすことができるんだ。

「弓道も勉強も、がんばったからできるんだよね。魔女修行でわたしが何回失敗しても、根気よく付き合ってくれたし。北条君はがんばり屋だから、途中で物事を投げ出せないんだよ」

北条君がじっと考えこんだ。

「確かに……僕は知りたかった。魔女と悪魔が結ばれることによって、ひとりではなし得ない強大な魔術を生み出すと言われている。それがどのようなものか、知りたかったんだ」

「わたしでよかったら協力するよ」

「……いいのか？　僕は御影や虎鉄のように、君に対して強い思い入れはない。自分の好奇心を満たすために、君を利用しようとしているのかもしれない」

北条君は驚きをあらわに、わたしをまじまじと見た。

「わたしも知りたいこと、いっぱいあるよ。魔女のこと、魔法のこと……たくさん勉強しないと白魔女にはなれないでしょう？」

わたしは冷たくなっていた北条君の手を両手で包みこんで言った。

「わたし、白魔女になりたい。力を貸してもらえないかな？」

青い瞳にわたしが映る。はかなげに揺れていた瞳の揺れが次第におさまっていく。

北条君の手が温かくなってきて、かすかにわたしの手を握り返してきた。

周囲でバラたちが揺れながら嘲笑う。

——無理無理。

——なれないよぉ。

そんなバラたちの声にまぎれて、低い声が聞こえた。

——**なれぬ。**

その声は前に一度、聞いたことがあった。御影君と一緒にいたときに、『失せろ、魔女』と脅してきた闇からの声。

(同じ人だ)

この学園のどこかで、みんなの悪意をあおり、利用している人。この声の主がそうだ。

——**白魔女になどなれぬ。**

怨念のような声が頭の中に響き、どこからかわき出てきた闇がはいずるようにわたしにまとわりついてくる。そのとき、北条君がわたしの肩を抱いて叫んだ。

「なれる！」

その声と魔力で、まとわりついてきた闇が吹き飛ばされた。

「天ケ瀬リンは白魔女になれる！　強固な意志があり、それを成せる才能があるからだ！」

「魔法を教えてくれる先生もいるよ」

わたしたちはお互いを見つめ合った。北条君は青い瞳を少し揺らしながら言った。

「僕はよく冷たいと言われる。厳しすぎるとも。君は僕に叱られることにビクビクしていた……僕でいいのか？」

「厳しいのは、本気でわたしのことを考えてくれてるからでしょう？」

ぜんぜん冷たくなんかない。だってわたしにふれてくる手は、こんなにも優しくて温かい。

「北条君、わたしを守りにきてくれて、ありがとう」

「――リン」

ふいに下の名前で呼ばれて、ドキッと胸が鳴った。思えばちゃんと名前を呼ばれたのはこれが初めてだ。北条君はわたしの前にひざまずき、うやうやしく手をとった。

「流れゆく時を共にしよう。君の目覚めに光を、凍てつく夜にはぬくもりを、病めるときには癒しを、迷いしときには導きを捧げよう。そして僕の力の限りを尽くして、君を守りぬくことを誓う――この魂にかけて」

透きとおるような声が、まるで音楽のように心地よくわたしの胸に響く。

それが、北条君の結婚の宣誓だった。

「リン――僕が必ず、君を白魔女にする」

わたしは微笑みながらお辞儀をして、それを受けた。

「はい。よろしくお願いします」

瞬間、胸元のスタージュエルがアイスブルーの光を放った。

足元に青の魔法陣が現れて、吹雪が吹き巻いて、氷の結晶が宙に舞う。

青と白の世界の中で、わたしはブルーの光に包まれた。吹雪に舞い上げられて結われた髪に氷の結晶が髪飾りのようにつき、心地よい冷気に身体を包みこまれる。

そしてわたしは、北条君の瞳と同じ色のブルーのドレスをまとった。

「これって……！」

「魔女のウエディングドレス。君と僕の魂が結ばれた証だ」

青い光によって北条君の肩の傷は治り、そして黒衣の胸元に結晶のコサージュがついた。

氷の結晶が祝福するように舞う中、わたしたちは手をとり合って見つめ合った。まるで新郎新婦みたいに。

「くっ、零士までリンにウエディングドレスを……許さん！」

御影君がメラメラと炎を燃やしながら近づいてこようとするのを、北条君は鋭い眼光で制した。

「バラのグールは僕とリンで相手をする。巻き添えをくいたくなければ、下がってろ」

「な、なんだと～!?」

いきり立つ御影君の頭を虎鉄君が押さえつけた。

「どうどう。邪魔したい気持ちはわかるが、ここは零士に花をもたせてやろうぜ。めずらしくヤル気になってるみたいだしよ」

北条君がわたしの手を引いて歩きだした。

「リン、行こう」

「はい」

戦いに赴くというより、舞踏会へ踊りに行くような、そんな感じだった。

わたしは北条君にエスコートされて、ドレスの裾を引きながら歩き、バラ園の真ん中で立ち止まった。重ね合った手からお互いの魔力が交流し、高まって、発生する氷の結晶がキラキラと舞う。

わたしたちめがけて茨のグールが一斉に襲いかかってきた。

「フレイルザザン！」

北条君の魔法でブリザードが起こった。真っ白な雪が吹き抜けるとすべての茨が凍りつき、あたり一面が氷の景色になった。

「北条君、魔法、使えたね！　バラがあっても大丈夫だね！」

「君のおかげだ。魔女がウエディングドレスをまとえば、パートナーの悪魔の魔力も高まる……君がそばにいるかぎり、僕の魔力は高まる。どこまでも」

青い瞳にはウエディングドレス姿のわたしが映っている。

そのまなざしがすごくキレイで、優しくて、胸がドキドキしてしまう。

凍りついた茨は重さでぽきりと折れて、地面に落ちるとガラスのように粉々に砕け散った。

「よかったね。これでもう――」

「いや、まだだ」

砕けた茨の下から、新たな茨が生えてきた。冷気で凍らせて粉々にしても茨は根絶できない。

「この茨は、トカゲの尻尾のようなもの。いくら切っても燃やしてもすぐに再生してくる。グール本体をたたかなければ倒せない」

「本体はどこなの？」

「いま、探索している。地下にのびる根を凍らせ、たどっていけば本体に行き着く」

北条君はすでにその行動に移っていた。冷気を放ちつづけながらあたりを探り、やがて本体の居場所をつきとめた。

「あそこだ」

北条君が指さした先には、地面に倒れて気を失っている園芸部の部長さんがいた。部長さんの身体からトゲトゲの茨が出て動いている。グール本体は大きな黒いバラで、意識のない部長さんの体内に隠れていたようだ。

「バラのグールは彼女の体内に根をはっている。おそらく、無理矢理引きはがそうとすれば彼女の身体を傷つけることになるだろう」

「そんな……どうすればいいの？」

「魔法具を使おう」

即座に北条君が答えた。

「弓道の弓矢を覚えているか？　あれを使いたい」

イメージはすぐに頭に浮かんだ。

弓道部の道場で、弓を引く北条君。キレイっていうだけじゃなくて、いろんなことに興味をもって、チャレンジして学んでいこうとする、北条君のそういう姿がすごくステキだと思ったから。

「ミランコール！」

召換の呪文が唱えられ、わたしの背後に青の魔法陣が現れた。魔法陣の中に弓と矢が現れて、北条君は手をさし入れてとり出す。そしてそれに冷気を吹きつけて氷の弓矢にし、わたしに手渡した。

「射るのは君だ」

「わたし……？」

「僕がフォローする」

わたしはうなずいて、見よう見まねで弓矢を持った。

弓矢は箒と違ってなじみのない道具だ。持つのも初めてだし、使い方なんてまったくわからない。

でも不安はなかった。だって北条君がいる。わたしの手に長い指を添えて導いてくれる。わたしたちはふたりで氷の矢をつがえ、弓を引いた。

バラたちがざわめきながら笑う。

──できない、できない。

──無理無理。

──無駄無駄。

きゃらきゃらと嘲笑いながら、ネガティブな気持ちを植えつけようとしてくる。

惑わされるものかと思いながらも、胸に小さな不安がよぎった。

（もし失敗したら、部長さんが）

心の揺れが、矢の先端を揺らす。

「リン、君なら必ずできる」

北条君がわたしの不安をはらいのけるように力強く言った。

「白魔女の力は、人を救う力だ」
わたしは弓をぎりっと引きしぼり、へらへら笑うグールたちに言い返した。

「無理じゃない」
北条君が必ずできるって言ってるんだから、できないわけがない。

「グール、部長さんから出てって！」
そう叫んで、矢を放った。氷の矢はまっすぐ飛んでいき、部長さんの身体の中心に命中した。そしてそのまま部長さんの身体を通過して、本体の黒いバラだけを射貫いて、校舎の壁に突き刺さった。

そこへ北条君がとどめの魔法を放った。

「アハラバード！」
北条君が放った冷気の矢が黒いバラを貫き、その断末魔が響く。黒いバラはみるみる枯れ、笑っていた他のバラたちも悲鳴をあげながら花びらを散らせて、どちらも消えてなくなった。

後には無惨に破壊されたバラ園と、気を失った部長さんが倒れていた。

「回復魔法を」
そう言って身構える北条君に、わたしは自分から申し出た。

「わたしも一緒にやらせて。魔法の呪文を暗記する宿題ね、ぜんぜんはかどってないんだけど、この呪文だけは覚えたよ。北条君が何度も使うのを見てきたから」

壊れ傷ついたものを回復させるこの魔法は、冷たいようで本当はすごく優しい、北条君らしい魔法だと思う。

北条君はうなずいた。

「では共同魔法を行おう」

「共同魔法？」

「結婚の儀式で行うものだ。魔女と悪魔が互いの魔力を合わせ、ひとつの魔法を使う」

それって、あれに似てるかも。結婚式で新郎新婦が一緒にナイフを持ってウエディングケーキに入刀する、初めての共同作業に。

わたしと北条君は手を重ね、声をそろえて呪文を唱えた。

「「アヴェダガーラ！」」

わたしたちの手から放たれた氷の結晶がきらきら光りながら、傷ついたバラ園と倒れた部長さんにふりそそぐ。わたしと北条君の共同魔法で、破壊されたバラ園はすべて元に戻った。

気を失っている部長さんを虎鉄君が診て、「大丈夫だ」と教えてくれた。

「よかった……」

ホッと息をついていると、北条君が重ねていた手をきゅっと握って言った。

「リン、ひとつ頼みがある」

「なぁに、北条君？」

「できれば……零士と、呼んでほしい」

わたしはきょとんとしてその顔を見上げた。北条君の表情はいつもと変わりない。でもほんの少しだけ、青い瞳が揺れている。ちょっと緊張しているみたいに。

わたしは姿勢を正して、そして笑顔で答えた。

「はい。零士君」

瞬間、わたしは息を飲んだ。

青い瞳をやわらげて、表情をゆるめて、零士君が——微笑んだ。すごくうれしそうに。

うわぁ、うわぁ……！

氷の結晶のように、それはほんの一瞬で消えてしまったけれど。零士君の笑顔を見られるなんて
……うれしい。

御影君がくわっと牙をむきながら、わたしと零士君の間に割りこんだ。

「くおら、さっさと離れろっ！　黙って見てりゃあ、いちゃいちゃいちゃいちゃと！　俺の前でそれ以上いちゃつくなー！」

虎鉄君もやってきて、うなずきながらそれに同意する。

「確かに、ちょっといちゃつきすぎだな。調子に乗っちゃあいかんぞ零士クン。ほら離れた離れた」

「おまえたちに文句を言われる筋合いはない。いつも隙あらばリンにすり寄り、猫のようにじゃれついて、見苦しいことこの上ない。挙げ句、セクハラだの役得だの、リンに失礼だ。おまえたちは女性に対する礼儀がなっていない」

零士君の指摘に、ふたりは一瞬言葉に詰まる。

「い、いいんだよ、愛があるんだから！」

「愛があれば何をしてもいいわけではない」

「つつーか零士、俺と御影の助けがなかったらヤバかったろ？　礼のひとつくらい言ったらどうだ？」

「助けるのなら、もっと頭を使ってやれ。再生能力の高いグールに炎と風をぶつけるだけとは、バカのひとつ覚えだ。ふたりとも力の無駄遣いが多すぎる」

「……やっぱ助けるんじゃなかった」

「いつか燃やしてやる」

3人の言い合いに、わたしは思わず笑ってしまった。いままでは3人が言い合うとケンカしてると思ってハラハラしたけど、これはそうじゃないんだってわかってきた。

思ったことをバンバン言い合うのって、仲良しだからできることだよね。

かわいい猫のじゃれ合いを見るように和んでいると、零士君がこちらを見て言った。

「リン、部活の件で、僕は君の意志に反することを言ったがそれを訂正する。君が入りたいと思う部に入るといい」

「えっ、いいの……？」

「ああ」

虎鉄君が零士君を探るように見た。

「へえ、いったいどういう風の吹き回しだ？　あんなに反対してたのに」

「今回のことでよくわかった。リンは自宅で魔女修行を重ねるより、実戦できたえる方がいい」

わたしは目をぱちくりした。

「実戦……？」

「この鳴星学園では魔や悪霊による事件が多発している。おそらく学園に潜む何者かがリンを狙ってのことだろう。ここはリンにとって危険きわまりない場所だが、しかし逆に言えば、これほど魔女修行に適した場所はない。学園生活に励みながら、襲いくる敵を迎撃する。それが魔女修行になるはずだ」

御影君が零士君をにらみつけながら言う。

「リンを餌にして敵をおびき寄せるってことか？　危険すぎないか？」

「危険に見舞われたときは、この手で守ればいい。それだけのことだ」

青い瞳に強い意志がきらめいている。

そんな零士君の姿に、虎鉄君はうれしそうに笑い、御影君はいまいましげに舌打ちした。

「リンとの結婚にいよいよ本気になったってわけだ。強敵現るだな」

「チッ……ぜってーリンは渡さねえ」

零士君はわたしと向き合って言った。

「リン、君の気持ちを聞かせてほしい。君がやりたいと思うことを、僕らは全面的にバックアップする」

わたしのやりたいこと……そう言われて、思い浮かんだことがひとつあった。

わたしは自分の手をぎゅっと握りしめて、その思いを口にした。

「部活をいくつか見学してみて……どれも楽しそうだとは思ったんだけど、でも違うなぁとも思ったの。部活動もやりたいけど、早く白魔女にもなりたくて……両方一緒にできる方法を、ひとつ見つけたの」

それは、わたしひとりじゃできないこと。

でも御影君たちが力を貸してくれるなら――わたしは顔を上げて、頼もしい3人に言った。

「みんなにお願いがあります」

7

格式の高そうな扉には、『生徒会長室』のプレートがついている。

その前でわたしは深呼吸をし、そして扉をノックした。

すると中から、上品な女性の声が返ってきた。

「どうぞ」

「し、失礼します」

扉を開けると、そこは生徒会長室というより、高級ホテルの一室のようだった。

置かれているデスクやソファやテーブルは、アンティーク家具で統一されている。カーテンや本棚、デスクライトやブックエンドの細部にまで、この部屋の主のこだわりが見える。インテリア雑誌に載っているような、オシャレでとてもステキな部屋だ。

デスクの上では、地球儀がゆっくり回っている。地球儀の向こう側で誰かが回しているみたいだ。回転スピードが落ちてきたところで、わたしは自分が勘違いをしていたことに気がついた。

（あ、地球儀じゃない。天球儀だ）

天球儀というのは、簡単に言うと地球儀の星空版。地球儀には大陸や海が描かれているけど、天球儀には星や星座が描かれている。

天球儀の向こうで、ひとりの女性が立ち上がった。

「はじめまして。生徒会長の神無月綺羅です」

わたしは言葉を失って見とれてしまった。

だって、生徒会長がこんなにキレイな女の人だなんて知らなかった。中学生のはずだけど、上品な大人の女性って感じ。背中まで流れるような長い黒髪が、制服の白いジャケットによく映えている。その大きな黒い瞳に見つめられて吸いこまれそうな錯覚を覚えた。

「ようこそ、天ヶ瀬リンさん」

名前を呼ばれて、ドキリとした。

「え、あの、どうしてわたしの名前を……？」

会長は美貌に微笑みをたたえて答えた。

「わたくしはこの学園の生徒全員の顔と名前を覚えているの」

「えっ⁉　全員、ですか⁉」

「わたくしは生徒の代表ですから。生徒全員の顔と名前を覚えるのも、生徒会長としての務めよ」

そうは思っても、実際にできる人はなかなかいないと思う。

鳴星学園には数百人の生徒がいる。そのすべての顔と名前を覚えてるなんて、すごすぎるよ。こんなすごい人と一対一で話さなきゃならないのかと思うと、緊張がぐっと高まる。

「あ、あの……お忙しいところ、すみません！　わたしは……その……！」

つっかえまくっていると、会長が緊張をほぐすようにやわらかな声で言った。

「まずは座りましょうか。どうぞ、おかけになって」

「は、はい」

ソファに座るようにうながされて、わたしはロボットみたいにカクカクしながら従った。

会長がトレイにティーポットとティーカップ、それにカップケーキをのせて運んできた。

「紅茶はお好きかしら？」

「あ、はい。でもそんな……おかまいなく」

「わたくしもちょうど飲みたかったの。ご一緒してくれるとうれしいわ」

会長はわたしの前にティーカップを置き、ポットに入っている紅茶をついでくれた。

「どうぞ」

「あ、はい……いただきます」

ふるまわれた紅茶をそっと一口飲んで、驚いた。

「わぁ、おいしい……！」

それはお世辞でも社交辞令でもなく、本心からの言葉だった。

「この紅茶、ラベンダーが入ってますよね？」

「ええ。紅茶のアールグレイに、ハーブのラベンダーを加えたブレンド紅茶よ。ハーブにくわしいのね」

「くわしいってほどじゃないですけど、亡くなった母が庭でいろいろなハーブを育てていて、お茶にして飲んだりしてましたから」

ラベンダーには、リラックス効果がある。もしかして会長は、緊張してるわたしを気遣ってこれを用意してくれたのかな。

「これもよかったら召し上がって」

会長はさらにカップケーキをすすめてくれた。いただくと、これまた一口食べてびっくりした。

「とってもおいしいです！　どこのお店のカップケーキですか？」

「それはわたくしが作ったものよ」

わたしは心の底から感動の声を上げた。

「すごぉ～い！　だってこれ、ホントに、すごくおいしいです！」

「喜んでもらえてうれしいわ。自分の作ったもので誰かが喜んでくれる、それが楽しみで作っているから」

わたしはコクコクとうなずいた。

「わかります。手間ひまかかるけど、喜んでもらえるとうれしくて、ついがんばって作っちゃうんですよね」

「そうそう。わたくしたち、なんだか気が合いそうね」

わたしたちは笑い合った。会長は気さくで笑顔もとってもステキ。おいしい紅茶とお菓子と会長の笑顔で、わたしはすっかりリラックスした。

もう一度紅茶を飲んでほっこりしていたとき、トレーに置いてある砂時計を目にして、ある違和感に気がついた。

(そういえば)

この紅茶は本当にすごくおいしくて、じっくり時間をかけて茶葉とハーブを蒸らしたんだとわかる。

紅茶やハーブティーはお湯をそそいで飲み頃になるまで少し時間がかかる。この砂時計はその時間を計るものだ。茶葉やハーブの種類によるけれど、少なくとも2～5分の時間がかかるはず。

でもわたしがソファに座ったとき、紅茶はすぐに飲める状態で、ティーカップも温められていた。

まるでわたしがこの時間に、ここへ来るのがわかっていたみたいだ。

(まさか……ね)

会長はティーカップを皿に置いて微笑みかけてきた。

「紅茶を飲みながらお話を楽しみたいところだけれど、天ヶ瀬さんはわたくしに用事があって来たのよね？　ご用件をうかがいましょう」

「あ、はい。実はわたし……新しい部を作りたいんです。それで、会長のご許可をもらいに……いえ、いただきに来ました」

新しい部を作るには生徒会長の許可がいる。許可を出すのは学園長や先生ではない。この学園は生徒の自治を重んじていて、生徒たちに選ばれた生徒会長が強い権限をもっている。部の設立や廃部を決めるも、会長の権限のひとつだ。

「これ、申請書です。お願いします！」

わたしはもってきた部の設立申請書をさし出した。

会長は受けとった申請書を大きな黒い瞳で見て、その目をスッと細めた。

「『星占い部』……？」

「は、はい」

「あなた、星占いをやるの？」

「い、いえ、実は……まだやったことありません」

わたしはいつもテレビでセレナさんの星占いを見たり、雑誌に載っている占いコーナーを読んだりするだけで、誰かを占ったこともないし、そもそもやり方を知らない。

「でも、これから勉強します！　わたし、星の運勢を占えるようになりたいんです」

「なぜ？」

「占いって、信じない人もいます。でも、悩んだり困ったりしている人たちにとっては、占いの言葉ってかなり大きいと思うんです。そんな人たちの相談にのって、守護星座の運勢を伝えて……力になりたいんです」

それで果たして本当にみんなの力になれるのかわからないけど、でも何かをしたかった。悪意が次々と生み出されるこの学園で、何か被害を未然に防ぐようなことをしたい。

白魔女をめざすなら、何かしないと。

そう心の中で思っていたとき、会長が目を細めて笑った。

「まるで白魔女ね」

ドキッ！　心臓が跳ね上がった。

「し、白魔女……？」

「不思議な力をもつ魔女は、悪しき存在として恐れられ、忌み嫌われてきたという歴史があるわ。でも中には、人を助けるために力を使う魔女もいた。病める人に薬を処方したり、迷える人を占いで導いたり。そんな魔女を、白魔女というのよ」

会長はデスクに置いてあった本を手にとって、わたしに見せた。

「最近、本で読んだの。なかなか興味深いわ」

それはズバリ、『魔女』というタイトルの本だった。

なんだ、本に載ってたのを読んだだけか。一瞬、心を読まれたのかと思ってドキッとしちゃった。

「部員は瓜生御影、前田虎鉄、北条零士、あなたを含めて4名ね。部員数は最少4名、条件は満たしているわね」

星占い部の部員になってほしいと頼んだら、3人とも快くうなずいてくれた。

「あの……どうでしょうか？　許可してもらえますか……？」

恐る恐る問いかけると、会長は天使のように微笑んだ。

「天ヶ瀬リンさん、わたくしは心から応援するわ。白魔女のように慈愛あふれる、あなたの志を」

「それじゃあ……！」

「星占い部の設立を許可します」

そう言って、星占い部の設立申請書に、会長の許可の印鑑をポンと押してくれた。

わたしはソファから立ち上がって頭を下げた。

「ありがとうございます！」

「どういたしまして。新入生で新しい部を作ろうなんて気概のある人は、なかなかいないわ。大変なこともあるだろうけど、がんばってね」

「はいっ」

「顧問の先生や活動費についてはおいおい決めていくとして、とり急ぎ、部室が必要ね。部室棟の部屋にいくつか空きがあるから、そこから好きな部屋を選ぶといいわ」

「あ、えっと、それなんですけど」

わたしはもう一度姿勢を正して、会長に直談判した。

「実は、部室にしたい場所があるんです」

8

夕暮れ時、わたしは3人と一緒に時計塔を訪れた。

時計塔にはった結界を零士君に解いてもらって、わたしたちは階段をのぼり、そして扉をコンコンとノックした。

「こんにちは。時計塔の幽霊さん、いますか？」

すると扉がバァン！　と勢いよく開いた。現れた幽霊少女が怒りの形相でうなった。

「うううぅ、よくまたここに来られたものね！　よくもやってくれたわね！　許さない……憎んでやる、恨んでやるぅぅぅ！」

わたしは幽霊少女をまっすぐ見つめながら言った。

「今日は、あなたにお願いがあって来たの」

「お、お願い？」

「わたしね、星占い部っていう部を作ることにしたの。それで、時計塔のこの部屋を部室に使わせてもらえないかなと思って」

「……え？」

「この部屋、壁やステンドグラスに星座が描かれてるでしょ。星占い部の部室にピッタリだと思ったの。それに空に近くて眺めもいいし、日当たりもいいし、いい風が入ってくるし、最高だよ。あ、別にあなたを追い出そうっていうんじゃなくて、ちょっとお邪魔させてもらえないかなと思って。どうかな？」

幽霊少女はあぜんとしていた。そしてうろたえたように声を荒らげた。

「ど、どうって……なに勝手なこと言ってんのよ⁉」

「ダメ？」

「ダ、ダメとかそういうことじゃなくて！　ここはずっと立ち入り禁止だし、変な幽霊の噂立ってるし、学校が許すわけないでしょ！」

「生徒会長の許可はもらったよ」

「え？」

「好きに使っていいって。後はあなたがオッケーしてくれたら、決まりだよ」

とまどっている幽霊少女に、わたしは星占い部の部長として、５人目の部員を勧誘した。

「よかったら、あなたも星占い部に入部しませんか？」

幽霊少女は目を見開いた。

「入部……？　わたしが？」

「うん。一緒に部活動しようよ」

幽霊少女は絶句した。

「部員は、わたしとここにいる御影君、虎鉄君、零士君。部員はわたしたちだけだから安心して。活動内容は、もちろん星占いをすること。占ってほしいっていう人にここへ来てもらって、運勢を占ってあげるの。それでその人の悩み事や相談事を聞いて、一緒に解決方法を考えて、少しでも助けになれたらいいなぁと思って」

「ちょ、ちょっと待ってよ！　あなた、わかってるの!?　わたしは幽霊なのよ!?」

「わたしは魔女だよ」

虎鉄君が噴き出して笑った。

「魔女に悪魔に幽霊か。星占い部、まともな部員がひとりもいねえぞ。おい幽霊、おもしれーから入部しろよ」

「な……なんで……本当にわかってるの？　わたしはあなたの命を奪おうとしたのよ!?」

「うん……でも、うれしかったから」

「え？」

「すごくうれしかったんだ。あなたに『友達になろうよ』って言われて」

幽霊少女はあぜんとし、そして口ごもりながら言った。

「あ、あれは……あなたを騙すために言ったことよ」

「でも、友達がほしいって気持ちは本当なんでしょ？」

時計塔にずっとひとりきり。淋しくないわけがない。

「わたしもそうなの。中学生活を楽しみにこの学園に入学したけど、なかなか友達ができなくて。だからあなたの気持ち、全部とは言わないけど、少しはわかるよ。だから、友達になろうよ」

鐘が震えるように鳴る。幽霊少女は迷いに揺れながら、逃げるように後ずさった。

「ダメよ……絶対、ダメ！」

「どうして？」

「わたしはきっと、またあなたを傷つけるわ……わたしは自分の運命を恨んでいたけど、人を恨んだりはしていなかった。でもここにいるうちに、だんだん嫌な気持ちが強くなって、どうしようもなく憎しみが大きくなって……誰も傷つけたくなかったのに、自分で自分を止められなかった！」

闇の中で震える幽霊に、わたしは笑いかけた。

「やっぱり、あなたは優しいね」

「や……優しい？　何言ってるの、わたしはあなたが憎くてしょうがないのよ！」

「憎いのに、わたしを助けようとしてくれたでしょう？『逃げて』って。いまだってわたしを傷つけないように助けようとしてくれる……そういう優しさって、星みたい」

「星？」

「怒りとか妬みとか、そういう気持ちがあると、心も暗闇みたいに真っ暗になるよね……でもそんな中でも、ふいに優しい気持ちが湧き上がるときがある。キラリと光る星みたいに」

それは小さくて、か弱い光かもしれない。

でもその光で照らされる人もいる。友達になろうと言われてうれしかったわたしのように。

思えば、わたしはいろんな人たちのいろんな光に照らされている。御影君、虎鉄君、零士君、お父さん、お母さん、セレナさん……みんなから守られて、愛や勇気や励ましをもらって、わたしはめざす目標を見つけた。

「星みたいに光り輝く優しさを、わたしは守りたい。守れるような、そんな白魔女になりたいの」

そしてわたしも誰かを照らせるようになりたい。

御影君がわたしの右側に立って、幽霊少女に言った。

「リンは傷ついたり悲しんでる奴を見つけたらほっとけないんだ。だから、おまえのこともほっとけないんだよ」

零士君が左側に来て、

「おまえにあれほどの憎悪と殺意をぶつけられ、グールに襲われながら、それでもリンはおまえと友になることを望んでいる。おまえに少しでもその気があるのなら、素直にリンの思いを受けとればいい」

虎鉄君がニッと笑って、

「おまえが憎しみにあおられてまたリンを傷つけようとしても、俺らが守るし。そこんとこは安心していいぜ」

わたしは一歩踏み出し、もう一度、幽霊少女を勧誘した。

「星占い部に入部しない？　それで、よかったら……わたしと友達になってください」

幽霊少女は瞳を揺らし、不安げにつぶやく。

「友達……なれるかな？　生きてるあなたと死んじゃったわたしが……」

わたしはちょっと目をそらしながら本心を吐露した。

「正直言うとね、あなたに『友達になろうよ』って言われたとき、わたしも思ったよ。生きてる人と死んでる幽霊が友達になれるのかな？　なっていいのかな？――って。あれからずっと考えたけど、答えはわからなかった。だってそれって、やってみないとわからないことじゃない？」

「それは……まあ……」

「あなたと友達になれたら、すごくうれしいなって思ったの。だからそうなれるように、チャレンジしてみたいって思ったの」

こんなふうに思えたのは、御影君たち3人のおかげだ。3人が思うようにしていいって言ってくれたから、わたしは自分のしたいことをやってみようって思えた。

「ねえ、チャレンジしてみようよ。魔女と幽霊が友達になれるかどうか」

うつむいていた幽霊少女が、おずおずと顔をあげて言った。

「そんなに言うなら……してみてもいいけど――チャレンジ」

「ホント？　やったぁ！」

「でも言っとくけどわたし、星占いなんてやったことないからね」

「あ、わたしもやったことないよ」

「えっ、やったことないのに星占い部作ったの!?　ちょっとぉ、いいかげんすぎない？」

「みんながいるからなんとかなると思って。いろいろチャレンジだよ」

「まったく……でも、まあ、部を作っちゃったんなら、やるしかないわね」

「うん、やろ」

わたしたちはお互いをじっと見て、そして同時に噴き出して笑った。

そのとき、幽霊少女の身体に変化が現れた。黒ずんでいた悪意が蒸発するように消え失せて、幽霊少女の身体がきれいに透きとおったものになった。たぶん、これが本来のこの子なんだろう。こんなふうに澄んだ心の持ち主なんだ。

「わたしは天ケ瀬リン。あなたは？」

「わたしは蘭。森崎蘭よ」

わたしたちはお互い手を近づけて、掌を合わせるようにした。幽霊に身体はないからふれることはできなかったけど、心に確かなぬくもりを感じる。

手でふれることができなくても、気持ちを寄せ合えば、心でふれ合うことができるんだね。

その喜びを教えてくれたのは、時計塔に棲んでいる幽霊の女の子。

後にわたしのかけがえのない親友となる——ラン、だった。


【おわり】

猫のつぶやき

虎鉄「いや～、それにしてもリンのウエディングドレス姿、
すっげーかわいかったニャア。
やっぱリンはキラキラ明るいゴールドが似合うニャ」
零士「おまえはぜんぜんわかっていない。
リンの清らかさには、ブルーがもっともよく似合う」
御影「リンは何を着てもかわいいんだニャ!
でも一番似合うのは、
赤のウエディングドレスに決まってるニャ!」
虎鉄「赤のウエディングドレスはまだ着てニャいだろ」
零士「まだ着てもいないものを似合うと
主張するのは、おかしいだろう」
御影「うっ……くぅ!」
虎鉄「っつーわけで、やっぱリンはゴールドだろ」
零士「いや、ブルーだ」
御影「フニャーッ! ウェディングドレスがニャンだ!?
俺はリンとごはんを一緒に食べて、
一緒に登校して、毎日ラブラブ生活
してるんだニャー!」(と駆け去る)
虎鉄「ニャハハ、負け惜しみだニャ」
零士「だが……無性に腹立たしいニャ」
虎鉄「……確かに。
やっぱあいつ、
すっげームカツクニャ」

(おしまい)

★小学館ジュニア文庫★

白魔女リンと3悪魔 フリージング・タイム

2015年 5月 2日 初版第1刷発行
2019年 7月 2日 第3刷発行

著者／成田良美
イラスト／八神千歳

発行者／立川義剛
印刷・製本／中央精版印刷株式会社
デザイン／佐藤千恵＋ベイブリッジ・スタジオ
編集／山口久美子

発行所／株式会社 小学館
〒101-8001 東京都千代田区一ツ橋2－3－1
電話 編集 03-3230-5105
販売 03-5281-3555

Printed in Japan ISBN 978-4-09-230817-6

★「小学館ジュニア文庫」を読んでいるみなさんへ★

この本の背にあるクローバーのマークに気がつきましたか？

オレンジ、緑、青、赤に彩られた四つ葉のクローバー。これは、小学館ジュニア文庫のマークです。そして、それぞれの葉の色には、私たちがジュニア文庫を刊行していく上で、みなさんに伝えていきたいこと、私たちの大切な思いがこめられています。

オレンジは愛。家族、友達、恋人。みなさんの大切な人たちを思う気持ち。まるでオレンジ色の太陽の日差しのように心を暖かにする、人を愛する気持ち。

緑はやさしさ。困っている人や立場の弱い人、小さな動物の命に手をさしのべるやさしさ。緑の森は、多くの木々や花々、そこに生きる動物をやさしく包み込みます。

青は想像力。芸術や新しいものを生み出していく力。立場や考え方、国籍、自分とは違う人たちの気持ちを思い、協力しあうことも想像の力です。人間の想像力は無限の広がりを持っています。まるで、どこまでも続く、澄みきった青い空のようです。

赤は勇気。強いものに立ち向かい、間違ったことをただす気持ち。くじけそうな自分の弱い気持ちに立ち向かうことも大きな勇気です。まさにそれは、赤い炎のように熱く燃え上がる心。

四つ葉のクローバーは幸せの象徴です。愛、やさしさ、想像力、勇気は、みなさんが未来を切りひらき、幸せで豊かな人生を送るためにすべて必要なものです。

体を成長させていくために、栄養のある食べ物が必要なように、心を育てていくためには読書がかかせません。みなさんの心を豊かにしていく本を一冊でも多く出したい。それが私たちジュニア文庫編集部の願いです。

みなさんのこれからの人生には、困ったこと、悲しいこと、自分の思うようにいかないことも待ち受けているかもしれません。どうか「本」を大切な友達にしてください。どんな時でも「本」はあなたの味方です。そして困難に打ち勝つヒントをたくさん与えてくれるでしょう。みなさんが「本」を通じ素敵な大人になり、幸せで実り多い人生を歩むことを心より願っています。

小学館ジュニア文庫編集部

★小学館ジュニア文庫★ ワクワク、ドキドキがいっぱいのラインナップ

〈ジュニア文庫でしか読めないオリジナル〉

愛情融資店まごころ
愛情融資店まごころ ②好きなんて言えない

アイドル誕生！～こんなわたしがAKB48に!?～
いじめ 14歳のMessage
お悩み解決！ズバッと同盟 長女VS妹、仁義なき戦い!?
お悩み解決！ズバッと同盟 おしゃれコーデ、対決!?
緒崎さん家の妖怪事件簿
緒崎さん家の妖怪事件簿 桃×団子パニック！
緒崎さん家の妖怪事件簿 狐×迷子パレード！
緒崎さん家の妖怪事件簿 月×姫ミラクル！
華麗なる探偵アリス&ペンギン
華麗なる探偵アリス&ペンギン ワンダー・チェンジ！
華麗なる探偵アリス&ペンギン ミラー・ラビリンス
華麗なる探偵アリス&ペンギン サマー・トレジャー
華麗なる探偵アリス&ペンギン トラブル・ハロウィン
華麗なる探偵アリス&ペンギン ペンギン・パニック！

華麗なる探偵アリス&ペンギン ミステリアス・ナイト
華麗なる探偵アリス&ペンギン アリスVS.ホームズ！
華麗なる探偵アリス&ペンギン アラビアン・デート
華麗なる探偵アリス&ペンギン パーティ・パーティ
華麗なる探偵アリス&ペンギン ホームズ・イン・ジャパン
華麗なる探偵アリス&ペンギン ウィッチ・ハント！
ギルティゲーム
ギルティゲーム stage2 無限駅からの脱出
ギルティゲーム stage3 ペルセポネー号の悲劇
ギルティゲーム stage4 ギロンパ帝国へようこそ！
ギルティゲーム stage5 黄金のナイトメア
ギルティゲーム Last stage さよなら、ギルティゲーム

銀色☆フェアリーテイル ①あたしだけが知らない街
銀色☆フェアリーテイル ②きみだけに贈る歌
銀色☆フェアリーテイル ③夢、それぞれの未来
きんかつ！
きんかつ！ 恋する妖怪と舞姫の秘密

ぐらん×ぐらんぱ！ スマホジャック
ぐらん×ぐらんぱ！ スマホジャック ～恋の一騎打ち～
さよなら、かぐや姫～月とわたしの物語～
12歳の約束
女優猫あなご
白魔女リンと3悪魔
白魔女リンと3悪魔 フリージング・タイム
白魔女リンと3悪魔 レイニー・シネマ
白魔女リンと3悪魔 スター・フェスティバル
白魔女リンと3悪魔 ダークサイド・マジック
白魔女リンと3悪魔 フルムーン・パニック
白魔女リンと3悪魔 エターナル・ローズ
白魔女リンと3悪魔 ミッドナイト・ジョーカー
白魔女リンと3悪魔 ゴールデン・ラビリンス